四维咏悟

陈懋章院士诗词选集

陈懋章 著

中国教育出版传媒集团有限公司
高等教育出版社·北京

图书在版编目（CIP）数据

四维咏悟：陈懋章院士诗词选集 / 陈懋章著. --北京：高等教育出版社，2022.6
ISBN 978-7-04-058501-8

Ⅰ. ①四… Ⅱ. ①陈… Ⅲ. ①诗词－作品集－中国－当代 Ⅳ. ①I227

中国版本图书馆 CIP 数据核字（2022）第 054857 号

SIWEI YONGWU——CHEN MAOZHANG YUANSHI SHICI XUANJI

策划编辑 张 冉　　责任编辑 张 冉　　封面设计 王 鹏　　版式设计 徐艳妮
责任校对 高 歌　　责任印制 存 怡

出版发行 高等教育出版社
社　　址 北京市西城区德外大街 4 号
邮政编码 100120
印　　刷 北京利丰雅高长城印刷有限公司
开　　本 787mm×1092mm 1/16
印　　张 12.5
字　　数 120 千字
购书热线 010-58581118
咨询电话 400-810-0598
网　　址 http://www.hep.edu.cn
http://www.hep.com.cn
网上订购 http://www.hepmall.com.cn
http://www.hepmall.com
http://www.hepmall.cn
版　　次 2022 年 6 月第 1 版
印　　次 2022 年 6 月第 1 次印刷
定　　价 119.00 元

物 料 号 58501-00

陈懋章院士（82 岁照）

作者简介

陈懋章，1936 年 2 月 10 日出生，四川省成都市人，航空发动机专家，中国工程院院士，北京航空航天大学教授、博士生导师。1957 年，毕业于北京航空学院（现北京航空航天大学）；1979—1981 年，作为改革开放后第一批访问学者在英国帝国理工学院从事湍流研究；1999 年，当选为中国工程院院士。曾任国务院学位委员会学科评议组成员、“航空发动机与燃气轮机”重大专项论证委员会委员（2012 年）、“航空发动机与燃气轮机”重大专项持续论证委员会委员（2020 年）、教育部科学技术委员会能源与土木建筑水利学部主任、CFD 国家重点实验室学术委员会委员、《航空动力学报》主编等。

科技获奖

奖项名称	获奖等级	获奖年份
国家科学技术进步奖	一等奖	1993 年
国家技术发明奖	二等奖	1999 年、2012 年

荣誉表彰

荣誉	年份
何梁何利基金科学与技术成就奖	2000 年
“全国模范教师”称号	2008 年
中航集团“航空报国金奖”	2014 年
全国杰出专业技术人才	2014 年
全国创新争先团队奖	2020 年

学术著作

出版物名称	出版社	出版年
《航空燃气涡轮发动机原理》	北京教育科学编辑室	1962 年
《粘性流体动力学理论及紊流工程计算》	北京航空学院出版社	1986 年
《粘性流体动力学基础》	高等教育出版社	2002 年
《从心所欲》	中国摄影出版社	2009 年
“航空发动机”系列丛书（主编）	上海交通大学出版社	2013 年

序

潘云鹤

中华传统诗歌，自春秋以来，高潮迭起，名家纷出，佳作如潮，流咏千秋。至民国以降，因历代鸿才巨擘已苍苍密布成林，再能脱颖而出者，实难而稀矣！

中国工程院陈懋章院士，系航空航天动力专家，业余作诗，拥有阅世久、留学多、善解文化、深谙科技等四维资源，并能令之通悟彼此，交融情理，综合创新。故妙意佳作频出于其诗词集中，韵味清新自然，读来惊喜不断。

懋章先生来信嘱为诗集题名作序。我奉读诸篇，拟书名为“四维咏悟”。今题签已毕，唯惶然不知及格否？

衷心祝懋章先生在四维空间中继续健步吟咏，情茂，景新，词达，义深，创造更新更美，在诗词森林中拔然而擎天！

2021 年 8 月 15 日

四维天地事
一卷领潮歌

郑欣淼

陈懋章先生为我国航空发动机领域的权威学者、成就卓著的院士，又是教育专家，还是有实力的诗人，集四维于一体，相互融通，相互促进，实为难得！

读先生自序，得知先生届高龄始为诗，然吟咏不绝，终有成就，尤感钦佩！

“四维天地事，一卷领潮歌”，这是我读陈先生诗歌，对其学识底蕴与艺术视野的总体印象。

作诗者欲成大器，须具备两个条件：一是学识渊博，或谓“深于诗”；二是天机清妙，或谓“多于情”。天机清妙者，不学而能。学识渊博者，须胸中有物，事业有成，有使命感，襟怀有多宽，其诗词成就便会有多大。先生之渊博学识从侧面展现了一个书香门第的庭训——自幼饱读诗书。我发现，先生乃真正的“深于诗”之人，其选材之新颖、吟咏角度之独特、感情之真挚可谓异彩纷呈，科学家的本色跃然纸上、痕迹无处不在。

清人叶燮在《原诗》中指出，诗以“理、事、情”为表达内涵，以“才、胆、识、力”为诗人内秉。陈先生诸多大作，以理为脉、以事为神、以情运气，经纬之间，神清气足，充分展现了一位当代中国科学家境界之高、胸襟之广。

如歌颂利玛窦之作有句“明清皇贵供奇猎，误国封关三百年”，也是对中国近代科技落后于西方发达国家原因的思考。在唐人街看到中国营业者，有句云“赚得小钱强笑脸，他人檐下莫伸腰”，十四字，道出了异域谋生之艰辛。敬重抗疫巾帼的“花季白衣生死与，何曾相问是相知”，展现了科学家悲天悯人之大善。对钓鱼者“钓者不知正被钓，钓场犹比宦游场”之感悟，展现了先生淡泊名利、参透人生之大智慧。“过客匆匆百米跑，急升急降笑跳高。我登场上舒筋骨，万里持恒堪自豪。”是对竞赛场急于求成获名获利者之不屑，对踏实稳步持之以恒贡献者之肯定。以歌咏死犹未已的大马哈鱼“临死洄游万里遥，将躯喂哺幼鱼苗”言己之志，体现了一位科学家的无私与大爱。先生之作，多有以咏物而言志，以大爱为价值导向，且重情理相融。

将最先进的科技与传统的诗词韵律结合、将外域风情通过诗词韵律来反映，乃先生最大的特色，也是先生作为一位科学家的视野独特之处。先生为诗词领域探索着一条新路。如《唐多令·从扑翼机到固定翼飞机》的“定翼启新篇，花明惊路宽。万生园、寻遍无先。铁骨钢筋光灿烂，高昂首，上云端”，直接把科学家的智慧与中国传统诗词融合为一，专业术语与诗词语言浑为一体，不着痕迹。再如《望海潮·天问一号首登火星抒怀》的“‘长五’送飞，‘融车’搭载，首登乌托平原。起落小山峦。又升太空号，宇宙飞船。纵览环球，‘天和’‘天问’技前沿”，更以最先进的科技术语入词，融通得如此绝妙，当是先生探索成功之作。我还注意到，这首词已刊登在《中华诗词》2021 年第 8 期之“时代风云”栏目。对古罗马竞技场的独特感慨：“金宫墟上逐欢忙，血雨腥风成日常。曲道回盘连地狱，雕阑飞阁向天堂。蜀山魂化阿房殿，白骨堆成竞技场。半壁颓垣犒过客，古城暮霭暗残阳。”将沧桑写在了历史的书页，同时也把诗词引入了外域。

科学与诗歌的灵魂都是创新，即立足当下，风格独特，不重复古人，不重复自身。先生从科研实践中已悟出了取材须独特，有自家风格；从科学之真中悟出了诗词须有真性情，赋出了人文的美善光辉。在人工智能与航天科技高速发展的当代，也是诗词创新与发展的时代，陈懋章先生的开拓与探索具有一定的启示意义。

于先生诗集付梓之际，略赘数语如上，吁同好共赏！

谨为序。

于北京故宫御史衙门

2021 年 8 月 28 日

应是天风窥望久
频催佳句入珠帘

韩倚云

我知陈懋章先生，始于航空发动机教材。航空发动机乃航空飞行器之心脏，先生于该领域多有建树，并于1999年当选为中国工程院院士，在航空研究领域，一直是青年学者的楷模。而此际，非为讲解先生之科研成就，仅就其诗词创作，谈一点个人感受。我曾读过爱因斯坦书写居里夫人之文，对居里夫人的科学成就只字未提，而只写其诗歌、为人、性情，使读者看到了一个伟大科学家的三维形象。而先生之诗词、之为人、之性情，亦是移人至深。

先生将他的诗词赋选汇为一集，并做分类归纳。潘云鹤院士题名曰《四维咏悟》。先生乃我师辈，长我四十余岁，却谦虚至此，嘱我写序。我何敢序？更何敢辞？众所周知，北航一直以工科为主，文科实力较弱，但是，北航教授却多擅长吟咏者，概传统文化生命力使然，私以为，国际科学巨匠，擅长诗歌者，不乏其人，他们大多怀本国文史底蕴，诗心天然，未能忘情。

而我国学者治学精神亦有其优良传统，如谓“一物不知，儒者之耻”，“致知在格物”，并欲“究天人之际，通古今之变”，以“通儒”为贵。历史上不少文理兼工者，如屈原、蔡伦、张衡、祖冲之、郦道元、贾思勰、毕昇、沈括、郭守敬等，大至天文地理，小至昆虫野草，无不探索其究竟，整理成系统，以诗咏之，不拘一格，各有发现与发明；他们视文史哲的专研与自然科学、科技的实践为不可分割。虽曾有过束缚与制度的压抑，但清儒如凌廷堪、程瑶田等对自然科学的研究、实践，可谓赫赫有功，其文学著作亦般般具在，未容忽视。有此优良传统，加以西风东渐，志士仁人，爱国忧世，奋起直追，力求学以致用，不废吟咏，两相结合，科学得以发展，诗道亦得光昌，相辅相成，代有其人。我们人为地将文理分科，文学与理工互不往来，导致学者难于兼通。而西方文理兼通者，却强于我国，科学家兼诗人者大有人在，如亚里士多德、牛顿、瓦特、歌德、居里夫人、爱因斯坦等，他们既影响着科学的进程，又是影响世界的大诗人。先生正是继承中西科学家文理兼工之传统，以科研为主业，至耄耋之龄始为诗，后不废吟咏，至深钦慕。其进步之快、悟性之高、创作角度之新、哲思之深，足令青年学者赧颜。

先生将其诗集分为六部分，其中第一部分为精编的主篇，分别取不同题材之代表作，当读者兴之所至，可依次选择阅读"随感""游记""人物""亲情""本事"部分的相关内容。《四维咏悟》中，词重言情，而诗重言志，诗有律诗、绝句、排律歌行，词有小令、中调、长调。先生每于这些诗词创作，皆是心有所悟，字斟句酌，无论长吟短咏，皆极精思，韵律从严。以其《念奴娇·风流独秀》颇见功夫、才力与学力，非深于此道者不能为。于题材上，或借物抒怀、或直抒胸臆，皆见性情；以诗记史，或实或虚，亦见执着；吟域中外、是血是泪，宜可探求；其明显的亲情诗词，感人至深；

其哲理诗词，入骨三分。而《四维咏悟》最典型的特色莫过于怀疑创新之题材、选材角度创新之题材、对历史人物评价别出新意、吟咏亲情友情之质朴、吟咏外域题材之创新、开拓吟域致空天题材。

如其怀疑创新之题材。先生认为，作为科研人员，仅有创新精神是不够的，还要有潜心钻研、敢于质疑的怀疑精神，这些在他的诗作里，多有体现。如其《疑与悟》，采用天问体裁：

太阳绕地，众目观之。
眼见为真，何人疑之？
……
应者寥寥，只花不果；
因循者众，新异思难。
大疑诘难，地心之说，
颠覆潮流，天地置翻。
……

对于寻常所见之太阳绕地现象，因少疑者而惋惜，后点出：不悟的根源在于“因循”和“无疑”。科学家对自然界本质现象之敏感、勇于坚持真理之性情跃然纸上，把大疑方能大悟的思想注入毫端，堪为警句。

论创作角度之新。自然界在科学家眼里，总是景色别具，前面的“大疑萌生大悟”，对于客观自然界，最关键的是能看到什么。同样的池塘，在谢灵运眼里是“池塘生春草，园柳变鸣禽”，在先生眼里则是“万类争游囿半亩，不经江海不成龙”（《小池》）。欲想成龙，须走出小池这块有限水域，到大海或天空中去历练，正所谓“金鳞非此池中物，一遇风云便化龙”。

论对历史人物评价观点之新。自然科学家总能客观冷静地看问题，抛开传统观念的束缚、抛开感情因素，从新的角度来吟咏历史人物。

如其《武则天》有句：

……
三千佳丽无人责，面首几名何理亏？
不比虞舜与尧禹，却承贞观启隆基。
岂忧偏见长欺世，何患乌云永蔽曦。
千古风流任评说，乾陵御阙立空碑。

从技法上看，该诗层次井然，突兀与平行相间，质实共流走互行，高咏一代女皇功绩，曲尽人情，洵为佳构，总体清新，直道他人不敢道之语，毫无偏见，对女皇之作为持强烈的肯定态度，直接冲破世俗观念，以客观真实的态度予以评价。

再如《扬州怀古》：

……
南国滋春梦，西湖载酒游。
风流终作土，何必枉寻愁。

结句有老子之无为精神，以一种淡然心态看待历史沧桑，乃大悟也。

其吟咏外域题材，亦是对诗词这门艺术形式之开拓。近现代时期的一批学者已在吟咏外域题材上做过开疆拓土的尝试，如胡先骕、顾毓琇、慈云桂、张钰哲、彭桓武、王大珩等，他们的外域诗词不乏佳作。而先生之选集对外域的开拓则尤显成熟，如出国后所作的《古罗马竞技（斗兽）场》：

金宫墟上逐欢忙，血雨腥风成日常。
曲道回盘连地狱，雕阑飞阁向天堂。
蜀山魂化阿房殿，白骨堆成竞技场。
半壁颓垣犒过客，古城暮霭暗残阳。

异邦景物，世间忧患，人生感慨，错杂并陈，毫发无遗。

再如吟咏外域学者的《鹧鸪天·利玛窦》：

传道西风万历间，中华典籍更精研。以儒释教融乡俗，述理行文绘壮观。　　勾股律，几何圆。西方科学上金銮，明清皇贵供奇猎，误国封关三百年。

对于明清皇帝不思借鉴外域科技来强国、仅拿其供皇家玩赏，导致中国科技因封闭而落后西方三百年，先生的惋惜之情溢于言表。其他不一一例举，但如《干涸的大瀑布（Dry Falls)》之“一朝怒触乾坤覆，唯剩秋池细雨声”堪为警语，发人深思。

《四维咏悟》吟咏自身经历之作，堪称先生独特之处，正所谓：伟大科学自有伟大之处，因经受常人未经受的磨炼而愈加坚韧。细读深悟，感慨先生步履艰辛、内心弥苦。显示出的是一种“一则以喜，一则以惧”的心情。其喜自与广大学者同，而其艰则令后生学者敬重，虽对某些事情不甚理解，但对科学的执着了然于心，对未来亦是满怀信心。如其《元宵节》有句“昔为南冠客，今是殿堂宾”。其惧亦是与人同，而其乐观的精神亦与人同，不废手中科研任务，盖亦“耿耿不寐，如有隐忧”(《诗经·柏舟》) 而已，今人读之，犹令人心戚。

《四维咏悟》最大特色是，把诗词写上了空天，先生本专业乃航空发动机，对空天景色较常人敏感。私以为，这是《四维咏悟》中最精华的部分。细读深体，感慨其研究精深，自先生居北京，负航空发动机研制之重任，广学东西，勤建树，影响后人。倚云不才，读先生《自画像》敬和一首：“勤研文理性温谦，大地高空两释嫌。应是天风窥望久，频催佳句入珠帘。”

《四维咏悟》即将问世，嘉惠后人。察其苦心，习其佳咏，取经取法，颂扬风雅，促进文理融合，必将大有莫逆于心、相视而笑者。此寄希望于今人与后人。

末学谨为序！

于北京航空航天大学

2021 年 8 月 17 日

我的中华诗词情

——前言

老来发奋

中华诗词，作为最凝练的语言艺术，是皇冠上的璀璨明珠。但在我生命中绝大部分时间，仅是偶有接触，并未特别关注。小学和中学时代，我在古文方面打下了一定的基础，也学过“床前明月光”一类的诗，但从未在诗词方面集中下功夫。大约是1964年，《光明日报》刊登了一篇文章，详细讲解陆游的《钗头凤》，它的写作背景，包括与前妻唐琬刻骨铭心的爱情。这是给我触动很深的第一首词。“文化大革命”期间，读了很多“杂”书，也有一些诗词，如汉高祖的《大风歌》，鲁迅的《自题小像》《无题（惯于长夜过春时）》，以及毛泽东的《沁园春·雪》等都给我留下了很深的印象，使我真正地感受到诗词是如此动人心弦。“文化大革命”后，拨乱反正，改革开放，我全身心投入科研教学等工作，更是无暇顾及诗词的欣赏与创作。

21世纪初，中国工程院由潘云鹤副院长倡议，组织成立了一个书画社，鼓励书法、绘画、诗词、摄影等的创作。我参加了该书画社，除摄影外，我开始学习诗词创作。

2017年，我办理了退休手续，自由支配时间相对多了，于是开始投入更多时间学习诗词。我曾专程拜访叶嘉莹先生，呈上习作，聆听先生指点。她在我的《千年张掖》稿上，批示“前四句做（作）为七绝极好”。原稿如下：

千年张掖

甘州塞上老城孤，九月寒摧草木枯。
自古沙场归者少，但将余赘换清酤。
玉关千载沧桑逝，神女当惊天地殊。
七彩霞山骄胜迹，姑苏应嫉此新都。

看来，前四句虽谈不上很好，但后四句确实累赘。先生的指点使我受益匪浅。她还鼓励我，说我有诗人气质。回想此事，确实是初生牛犊不畏虎。

回京后，在业余时间，我更是发愤于诗词学习，这时我已将满 82 岁。我首先认真研读唐诗宋词，特别是认真领悟书上讲解每首诗词好在何处，慢慢有了些积淀，也有了些感悟。回头再看过去写的东西，确实自感赧颜。天道酬勤。我的一位好友，诗词造诣很高，和他交流时，他感到很吃惊，说我进步的速度惊人。一位北大文学博士也有相同看法。我自己也感觉到提高之速。

鼓励

2019 年，《小楼听雨诗刊》由韩倚云博士主编并作序，刊载了《院士诗词选·双翼翩然万里飞》，选登了五位院士的作品，按年龄排序，作者依次是杨叔子、陈懋章、王玉明、丘成桐、吴硕贤。除本人外，其他四位不仅在科学技术方面做出了卓越的贡献，在诗词方面也都有很深的造诣，拙作入选，确有忐忑不安之感，但这也是鞭策和鼓励吧。

后来，拙作在《中华诗词》的“时代风云”这个显著栏目也发表了。

初衷

唐诗是大唐帝国空前繁荣、昌明开放的产物，宋词则是兴起的市民阶层追求轻松自由表现内心世界的产物，它们是两颗璀璨的明珠，是中国乃至世界文学史上的两座丰碑，是后人难以企及的高峰。所以有人说，好的诗唐人已写完了，好的词宋人已填完了。但是时代在发展，应有反映每个时代的作品。正如清人赵翼《论诗》所说：

李杜诗篇万口传，至今已觉不新鲜。
江山代有才人出，各领风骚数百年。

近一百多年来，在救亡图存的伟大民族解放斗争中，产生了很多永载史册的诗人，如毛泽东、鲁迅等。更有震撼人心的诗篇，如秋瑾的《对酒》：

不惜千金买宝刀，貂裘换酒也堪豪。
一腔热血勤珍重，洒去犹能化碧涛。

鲁迅先生说，从喷泉里出来的都是水，从血管里流出来的都是血。我写出来的都会是什么呢？剖析一生的经历会发现，我的特征是四维的。漫长的时间维度：我经历了八十余年的岁月，从民国，到新中国成立，“文化大革命”，改革开放……。宽广的空间维度：除中国外，在英美俄印日等国长期生活、学习、工作、考察、游访。中西兼蓄的文化维度：

我成长于中国传统文化的环境中，也接受了西方先进文化。职业的视角维度：我的职业，决定了易于用科技工作者的视角观察问题、提出问题。四维错综交织的我，决定了拙作在观点、视角及取材等方面的多样性、特殊性，甚至在某种程度上异于传统和常规。

我的中华诗词底蕴不是很深厚，但我是用我的心在写，倾注了全部的感情。我追求真善美，用诗词讴歌真善美。每首诗词的创作，从思想内容起，我力求做到有其存在的价值。对于人物，或褒或贬。对于大自然，则欲寻其固有之美和规律性。我很喜欢那些好的哲理诗词，或曲或直，开启民智，发人深思。偈曰：不疑不悟，小疑小悟，大疑大悟。这是非常符合辩证法、符合科学精神的，因为科学精神的本质是批判，即理性地质疑。我尝试用诗词表达这些思想，不知能尽如人意否，有待读者评判。爱情是文学的永恒主题，包含凄美。总之，我希望用诗词或多或少地写出一生的所见、所闻、所感、所痛、所爱，留下一个善良人的心声。

我是一个知识分子，现已年逾八旬，亲身经历了灾难深重的中华民族奋斗、挫折和崛起的部分历程。我不是大人物，但位卑未敢忘忧国。过去的仁人志士寻求救国图存之道，现在则寻求富民兴邦、长治久安之策。我为祖国的进步、崛起欢欣鼓舞，也为曾经的失误和灾难痛心疾首。作为这一历程的部分经历者、参与者和见证者，我愿用诗词写出我的感受，若能折射这个时代的枝端末节，我就心满意足了！

内容分类

本诗集共选入拙作 174 首，按所涉内容，大体可分为以下五类：随感、游记、人物、亲情、本事。其中，随感即杂感，有触于心而发；游记是对中外一些名胜古迹的游历感悟；人物是对古今一些重要人物的看法，自然会有所评论；亲情是对我家人的缅怀和思念；本事是我自己经历的印象最深刻的事件，在这翻天覆地的伟大变革时代，八十多年的经历是很丰富的。这样分类成篇，给了读者更多的选择自由：闲来无事，读些个人感兴趣的，或可喷饭供酒，抑或留下几丝可思的印记。或有读者无暇逐首细读，为此，我精心选出57首，作为主篇放在最前面，为保持原有各篇的完整性，在分篇中仍将其列出，并注以“*”号，由此带来的重复，还期读者理解。

陳懋章

2020年12月11日

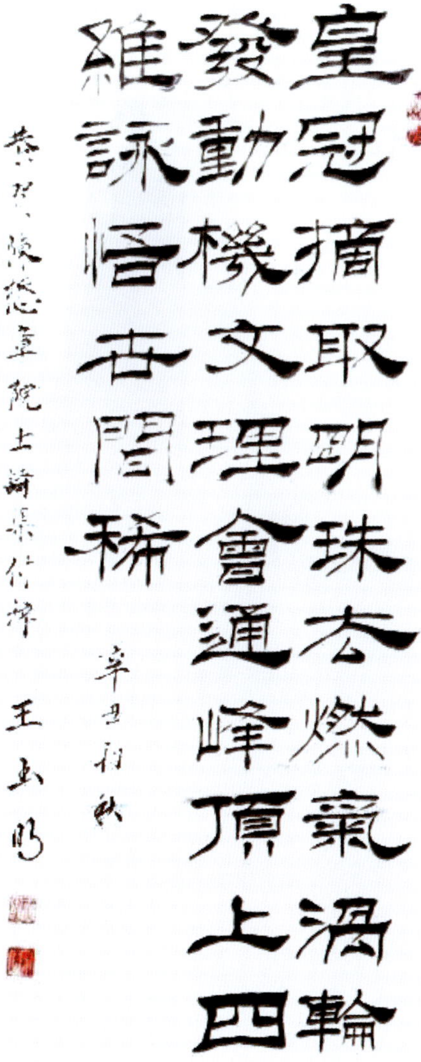

王玉明院士题诗、书法

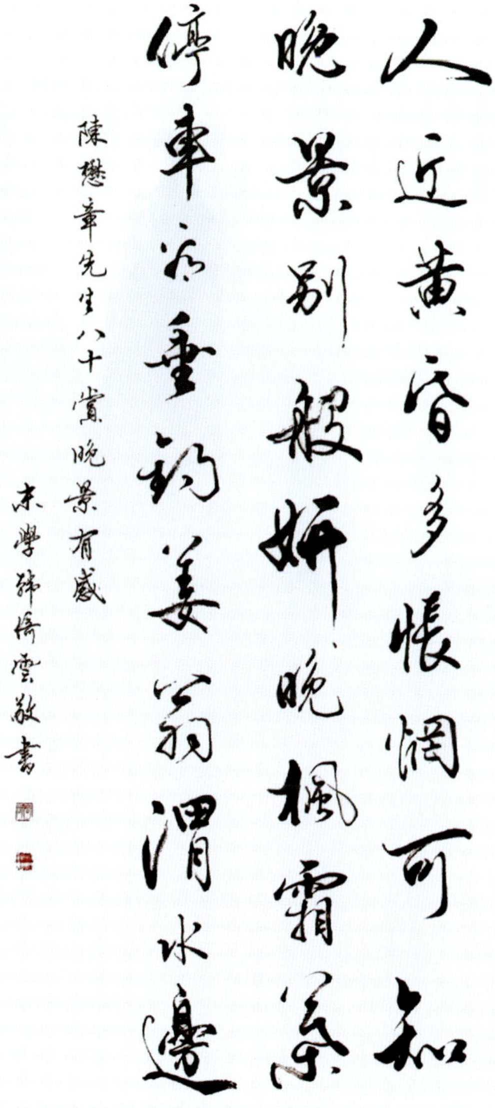

韩倚云书

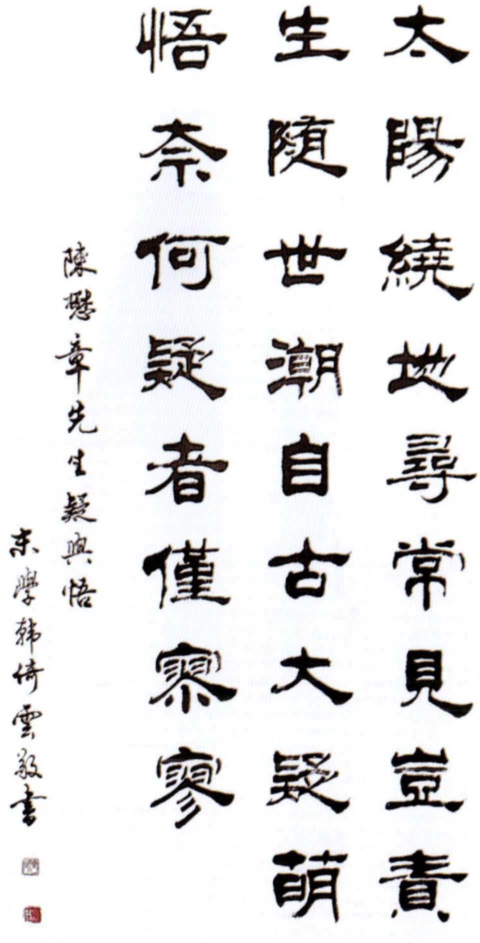

韩倚云书

目录

1 第一篇　主篇

* 在前言中已说明，本选集第一篇是集后五篇之精要者而成，为保持后五篇之完整性，对于第一篇已选用者，仍全文印出，但以“*”号注之，由此带来的重复，望读者见谅。

七绝三十六首 / 78

词十八首 / 102

第一篇／主篇

诗词五十七首

疑与悟[1]

太阳绕地，众目观之。
眼见为真，何人疑之？
古今中外，悉皆如是。
灵均《天问》，深省百题。
求索质疑，开悟之端；
应者寥寥，只花不果；
因循者众，新异思难。
大疑诘难，地心之说，
颠覆潮流，天地置翻。
大智偈曰：不疑不悟，
小疑小悟，大疑大悟。
大疑功成，心意戚戚，
仰天长吟，《渔父》独孤。

【注】

〔1〕在写此首之前，曾写了一首同意之七绝：

太阳绕地寻常见，岂责苍生随世潮。
自古大疑萌大悟，奈何疑者仅寥寥？

此虽简明，但觉意远未尽，遂尝试以此古风抒发其意。

峨眉拜佛

宝殿烟云绕，日沉暮鼓频。
皆言我佛好，彼岸渡几人？

平遥古城墙野草

秦汉土城壁，萋萋野蔓生。
兴衰几更替，谁念草枯荣？

元宵节

2000 年，我接到中共中央办公厅通知，受邀出席元宵节联欢晚会，晚会在人民大会堂东大厅举行。江泽民、李鹏、朱镕基、李瑞环、胡锦涛、尉健行、李岚清七位中央政治局常委出席，与知识界、文艺界人士 300 多人欢聚一堂，共度良宵。我被安排在第二桌，时任全国人民代表大会常务委员会委员长李鹏同志是第二桌的主宾。

昔为南冠客〔1〕，今是殿堂宾。
清浊长河水，轮回冬与春。

【注】

〔1〕南冠：据东周左丘明《左传》，春秋时，楚人钟仪“南冠而絷”。晋侯问是何人，有司回答说：“晋人所献楚囚也。”后因以“南冠”为囚徒的代称。“文化大革命”期间，我曾被关牛棚。

生　命

零落小松子，苍茫云雾峰。
潇潇风雨后，裂石一青松。

归　宿

溪流出湫窟，万里奔无歇。
终归沧海中，滴水不枯竭。

小　池

春雷乍起春池动，水暖鱼虾乐藻丰。
万类争游囿半亩，不经江海不成龙。

八十赏晚景有感

人近黄昏多怅惘，可知晚景别般妍。
晚枫霜叶停车看，垂钓姜翁渭水边。

自画像

语少金多不自谦[1]，直言无忌讨人嫌。
德才虽备乏官趣，何虑三更鬼卷帘。

【注】

〔1〕一位负责同志曾几次对我说：“您的发言含金量高。”

昔日成都宽巷子冬夜

风雪三更静少城，老翁荷担小营生。
昏灯陋巷颤孤影，深宅犹听叫卖声。

秋日访张北元中都遗址

萧瑟秋风摧草黄，人烟寥寂野墟荒。
沙场霸业今何在，零落残垣伴夕阳。

干涸的大瀑布（Dry Falls）

美国华盛顿州东部，曾经有地球上最大的瀑布，宽约 5 600 米、高约 122 米（尼亚加拉瀑布宽约 1 100 米、高约 50 米），因地质变迁，现已干涸，成为干涸的大瀑布，只留下一洼洼清水，但高高的陡峭绝壁依然屹立。

直下千寻四海倾，咆哮万里五雷鸣。
一朝怒触乾坤覆，唯剩秋池细雨声。

干涸的大瀑布

鲁比海滩 (Ruby Beach)

2016年夏游历鲁比海滩，此乃美国西海岸北部一著名景点，位于西雅图西的奥林匹克国家公园海岸。在此见无数枯木沿海滩杂乱堆集，这非人力造就，而是千百年来自然形成的，实为奇观。

云杉万里蔑风寒，新叶葱茏老干残。
岁岁秋洪摧腐朽，木枯不玷大长滩。

▸ 鲁比海滩

北疆游

秋生佳气渐斑斓，最是斜阳五彩滩。
阿母绮纨覆丘壑，穆王五色泼山峦。

新疆五彩滩

昔日浣花溪上望仙桥[1]

浣花溪上古桥横，恰似河边虹霓生。
白发循江追旧忆，唯余棹击绿波声。

【注】

〔1〕我幼时在成都就读的小学原本在少城公园内，抗战期间，其被迁到青羊宫地区乡下，当时我每天上学都要经过一座高大的石拱桥，即百花潭附近的望仙桥，可惜现已为一平板桥所取代。

参访格林尼治天文台[1]

首颁经纬定乾坤，舰弋大洋唯我尊。
占地环球日不落，中天已过向黄昏。

【注】

〔1〕格林尼治天文台（Royal Greenwich Observatory），于1675年创建于英国伦敦泰晤士河畔的皇家格林尼治花园，以满足17世纪英国海军全球航行精确经度定位的需求。1884年，国际经度会议决定以通过该天文台埃里中星仪所在的经线为0°经线，这是当时英国的科学技术、工业发展以及航海业规模均居世界首位而自然享有的权利。第二次世界大战后，格林尼治地区人口剧增，污染严重，影响天文观测，遂于1948年将天文台迁往东南沿海的赫斯特蒙苏堡，而将原址改建为天文博物馆。

唐人街

三更犹见酒旗飘，一碗云吞美夜宵。
赚得小钱强笑脸，他人檐下莫伸腰。

抗疫巾帼

黑云翻滚鄂州危，飒爽英姿仁者师。
花季白衣生死与，何曾相问是相知。

深秋游海河过袁世凯遗邸有感

沉香薰暖养尊楼〔1〕，寒士临冬漏屋愁。
位极曲终一抔土，奈何唯此享同筹。

【注】

〔1〕袁世凯在天津有多处府邸，海河东路 39 号是其一。

钓　鱼

春风得意钓鱼塘，群鳜争相抢饵忙[1]。
钓者不知正被钓，钓场犹比宦游场。

【注】

〔1〕为取悦钓者，鱼塘主人多日不喂鱼食。

书　生

一介书生槛积灰，不期金榜中头魁。
弹冠相庆非三子[1]，四杰吟诗誉大才[2]。

【注】

〔1〕苏洵《管仲论》：“一日无仲，则三子者可以弹冠而相庆矣。”三子，指竖刁、易牙、开方。此句则谓弹冠相庆的不是三子之类的人。

〔2〕据后蜀何光远《鉴诫录》，唐穆宗长庆年间，元稹、刘禹锡、韦楚客同会于白居易之居，论南朝兴废之事。白请各赋《金陵怀古》一篇。刘位低恃才，请为首唱。白览诗曰：“四人探骊，吾子先获其珠，所余鳞甲何用？”三公于是罢唱，但取刘诗吟味竟日。

访殷商朝歌遗迹两首

之一

避周强势都东迁，心事如焚炙比干。
直谏剖心朝野震，雄才无力挽狂澜。

之二

不见烟花见野花，清明愁雨酒旗家。
小姑不识客心苦，轻婉莺歌半掩纱。

径赛场

过客匆匆百米跑，急升急降笑跳高。
我登场上舒筋骨，万里持恒堪自豪。

死犹未已

古人云，鞠躬尽瘁，死而后已。大马哈鱼千里奔波回故地，死后以躯体喂养幼鱼苗，是死犹未已。

临死洄游万里遥，将躯喂哺幼鱼苗。
唯人灵冠万生类，将以何为利后朝？

扬州怀古

昨饮邗江水〔1〕，今登明月楼〔2〕。
入眸隋御柳〔3〕，已逝锦帆舟〔4〕。
南国滋春梦，西湖载酒游〔5〕。
风流终作土，何必枉寻愁。

【注】

〔1〕邗江：今日运河扬州段，与两千年前的运河古邗沟路线大部分重合，与隋炀帝时期的运河完全重合。

〔2〕唐人徐凝有诗句“天下三分明月夜，二分无赖是扬州”，清人员氏以此建“二分明月楼”。

〔3〕隋炀帝开凿运河，沿河建堤植柳，称隋堤御柳。

〔4〕隋炀帝的船皆用锦帆。

〔5〕西湖，指瘦西湖。

恩施游两首之二

一江高峡出，三省万山连。
地陷千寻涧，崖开半寸天。
游山晨雾迷，闻浪夜惊眠。
邀做田家客，野菇清烩鲜。

崖开半寸天

胡　杨

金秋生北国，肃杀笼荒村。
风过墟烟冷，沙飞烈日昏。
劲根深瘠野，铁脊傲乾坤。
把酒酹雄杰，萧萧大漠魂。

胡杨——萧萧大漠魂

米兰大教堂

朦胧中世见微芒，五百年成大圣堂[1]。
琼玉辉融明月色[2]，琉璃彩夺晕环光[3]。
塔穿云雾通苍昊[4]，桥向天河访织娘[5]。
更替多朝工不辍[6]，亡秦何必毁咸阳。

【注】

〔1〕米兰大教堂始建于 1386 年，至 1965 年教堂正面最后一座铜门安装完毕才算全部竣工，历时 579 年。

〔2〕教堂用白色大理石砌成，是欧洲最大的大理石建筑。

〔3〕窗棂镶嵌彩色玻璃。

〔4〕教堂顶上，有 135 座哥特式大理石尖塔，最高的达 108 米。

〔5〕教堂顶上，纵横交错着 33 座石桥，意欲通达银河。

〔6〕在修建期间，不仅改朝换代，而且先后经历了法国、西班牙、奥地利等国占领，特别又遭受了第二次世界大战的破坏，但仍秉持最初制定的建筑风格和理念，最终完成了这一世界建筑史上的巨作。不因改朝换代和战乱而终止、焚毁，这是最难能可贵之处。

▸ 米兰大教堂顶局部

古罗马竞技（斗兽）场

金宫墟上逐欢忙[1]，血雨腥风成日常。
曲道回盘连地狱，雕阑飞阁向天堂。
蜀山魂化阿房殿，白骨堆成竞技场[2]。
半壁颓垣犒过客，古城暮霭暗残阳。

【注】

〔1〕金宫是古罗马皇帝尼禄的宫殿，公元 64 年被大火焚毁，竞技场在金宫废墟上修建。

〔2〕十万奴隶死于修建该竞技场。

古罗马竞技场内部

少帅张学良

少年纨绔长公子，千古悲歌雄杰魂。
忍看夷蹄践乡土，敢驱天马缚鹏鲲。
惊天动地庙堂乱，扭转乾坤万众欣。
而立辉煌功业尽，囚臣冷暖寄余樽。

武则天

心高位贱叹身雌，算计超皇父子痴。
帝业功成冤鬼忿，龙床夺得豆萁悲。
三千佳丽无人责，面首几名何理亏？
不比虞舜与尧禹，却承贞观启隆基。
岂忧偏见长欺世，何患乌云永蔽曦。
千古风流任评说，乾陵御阙立空碑。

古塔敬老院看望亲兄郑揆（陈懋隆），时年九十

夕阳倦鸟白头兄，敢想当年天马鸣。
科场昆明才始露〔1〕，挥毫瑞士任纵横〔2〕。
孱孱鳏叟融松影，颤颤钟声响晚晴。
环顾茫然无故旧，将行挽我欲同行。

【注】

〔1〕吾兄 1944 年参加高考，他的考卷一挥而就，早早答完。他只报考了西南联大，后被录取。

〔2〕1954 年日内瓦会议，周总理率团第一次以大国身份正式登上国际舞台，组团皆精英，吾兄被选派为新华社特约记者赴日内瓦，在《人民日报》发表了多篇文章，评论报道会议情况，时年二十七岁，此前他从未做过记者。

晋祠周秦古柏

不辞风雪伴先贤，龙凤盘根裔殿前[1]。
岁月千秋滋翠叶，斧刀一霎断华年[2]。
大材釜下成薪火，精魄云中化紫烟。
余意缠绵绕孤木，天生连理两凄然。

【注】

〔1〕古柏在苗裔堂前左右各一株，有“龙头柏”“凤尾柏”之称。

〔2〕清道光年间，当地人将左株砍伐用作柴薪。

晋祠古柏

伯 乐

代有风流人杰出，几登圣殿几沉沦？
陶潜诗赋曾寥落，轼谓汉唐无过人[1]。
寂寞少陵身后事，识才元稹墓铭伸[2]。
真金埋地掩光泽，还待掘金清垢尘。

【注】

〔1〕陶渊明诗文语言平淡而蕴含深邈，但晋人重华丽辞藻，因而陶并不被时人认可。比如齐梁时代刘勰《文心雕龙》遍列晋代文人，包括很多鲜为人知的人物，却未见关于陶渊明的只字片语。梁代沈约的《宋书》、萧子显的《南齐书·文学传论》等也都如此。从唐代才开始逐渐对陶渊明的诗文有了较高的评价，而苏轼则给以总结性的更高、更完整的评论，他说渊明之诗“质而实绮，癯而实腴，自曹、刘、鲍、谢、李、杜诸人，皆莫过也”。

〔2〕公元770年，杜甫逝世，他渴望自己的诗将赢得“千秋万岁名”，但实际情况是身后一段时间依然名不彰、声不显。几部时人的唐诗选都没有一首杜诗。直到他殁后43年，元稹在为杜甫写的墓志铭中说：“苟以其能所不能，无可无不可，则诗人以来，未有如子美者。”这样高的评价才如一声春雷，惊醒诗界，由此名动天下，广为传播。

渔歌子·忆童年

散学回家结伴还。浣花溪畔碧禾田。须嫩绿，粒微甜。如花似幻忆童年。

少年游·求学别母出川

赴京求学少离川，慈母絮冬棉。依依小站，迢迢路远，回哺待何年？　　大江东去辞三峡，月满万重山。鬓边霜雪，泪流老面，昨夜几更眠？

忆江南·教室

1952 年，北航初建校，无正规教室，常以工棚临时改用，记之。

新建校，棚屋改庠班。漠北风侵黄漫漫，棚中雪霰白绵绵，厚袄亦嫌单。　　烧炉火，满屋绕青烟。火烤胸前微觉暖，风吹背后骤增寒，学子藐艰难。

浪淘沙·上大学

未冠及闱栏，长路新端。开怀科学大观园。宝藏玲珑争璀璨，能不贪婪？　　刺股夜阑珊，四季回旋。经年不觉渐衣宽。求得茫茫沧海粟，慰我辛艰。

忆王孙·庚子年冬当伙夫

教师下放习司炉，膛里灰烟扑体肤，火烤风吹冷汗珠。夜啼乌，白日昏昏亦读书。

八声甘州·忆1979年赴英国留学

十年“文革”后赴伦敦，海德绿茵茵。伟人经年座，大英博物，印记深深。喧闹牛津街上，万国旅游人。老格林尼治，落日余音。　　否极泰来戊午，看中华万里，大地回春。任纵横高铁，驰骋赛鹏鲲。小嫦娥、广寒挥袖，再报来、月背喜迎宾。流光逝、证今生见，换了乾坤。

浪淘沙·北戴河

记2013年党中央、国务院邀北戴河休假。

沧海任狂澜，涛打渔帆。斩波劈浪逞幽燕。对酒当歌拼一醉，月半杯残。　　白发更红颜，英俊群贤。千秋功业启新端。历尽烟波人未老，壮我河山。

江城子·访檀香山孙中山纪念场

2016年7月游历檀香山〔1〕，专程造访孙中山纪念场。华人区内，一方草地，面积不大，仅约300平方米，一尊先生等身铜像，竖立在角隅。

有道是：历史一席，草地一隅！

檀香万里少年殊。誓驱胡，国吴都。他乡故土，立像叹魂孤。煊赫汗青尊一席，崇敬地，一芜隅。

【注】

〔1〕檀香山指美国夏威夷州首府——火奴鲁鲁。

念奴娇·风流独秀

狂澜谁挽，看天降、千古风流人物。望尽天涯新辟路，独见陈公雄绝。意气汪洋，文章恣肆，支笔酋寒冽。八方圣旨，奈何屈子傲骨？　　磊落斗士铮铮，轻抛荣辱，敢荐轩辕血。物转星移沧海换，终究长河清澈。万里江山，澄明一片，当九泉心悦。千秋功过，任凭来者评说。

阮郎归·嫦娥四号降落月背天河基地

嫦娥应悔偷灵丸，飞天形影单。谪居寥落背冰盘，娉娉人爱怜。　　长火箭，大飞船，天河送翠钿。带来温暖似人间，广寒不再寒。

浪淘沙·贺天问一号入轨成功

欲访火星难，浩宇微斑。成功入轨庆安然。杯里琼浆干又满，天地同欢。　　回首百年前，民族危艰。而今天问踏峰巅。历尽沧桑多少事，换了人间。

卜算子·天问一号浮想

揽月上青天，乃谪仙豪语。今火星朝更远探，天问深空旅。　　太白满樽欢，含笑殷勤举。他日飞船若得闲，可好携吾去？

江城子·凭吊滇西缅北战场

硝烟散尽岁悠悠。水长流，绕坟丘。当年鏖战，今日醉红楼。猛士远征慈母泪，万人白骨几人收？

望海潮 · 天问一号首登火星抒怀

“嫦娥”探月，蟾宫如见，火星浩宇微斑。“长五”送飞，“融车”搭载，首登乌托平原。起落小山峦。又升太空号，宇宙飞船。纵览环球，“天和”“天问”技前沿。　　百年回首难言。叹衰颓国势，民族危艰。求索图存，披荆建党，抛头颅换人间。改革破篱藩。迈复兴大道，重上峰巅。弹指挥间百载，举世绝无先。

清平乐 · 二泉映月

二泉清澈，长夜风霜冽，冷月凝愁孤影孑，瑟瑟寒江飞雪。　　低吟落木萧萧，高歌万壑松涛。声动人间天上，挥弦如诉离骚。

清平乐·二泉映月

陈懋章 词

赵小也 曲

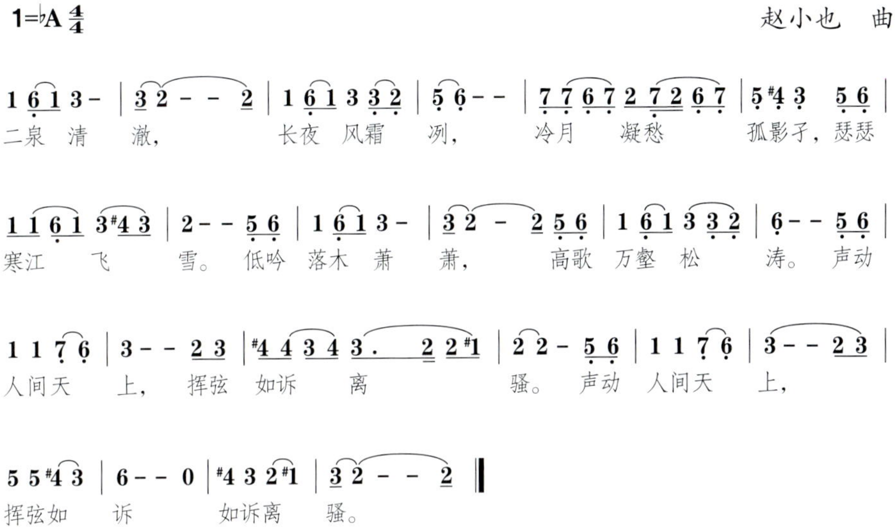

望海潮·圆明园祭

康乾兴盛，开元再造，圆明御柳蓁蓁。宫阙未央，园清太液，瑶池霞霭氤氲。作孽匪联军。抢掠更纵火，乱马骎骎。亘古奇葩，灰飞烟灭泣残存。　今朝已变风云。我中华崛起，世易乾坤。首访火星，遨游宇宙，已开科技太空门。国势与时新。仍有嚣顽在，作乱环尘。安得同心共筑，和睦地球村。

望海潮·圆明园祭

陈懋章 词
赵小也 曲

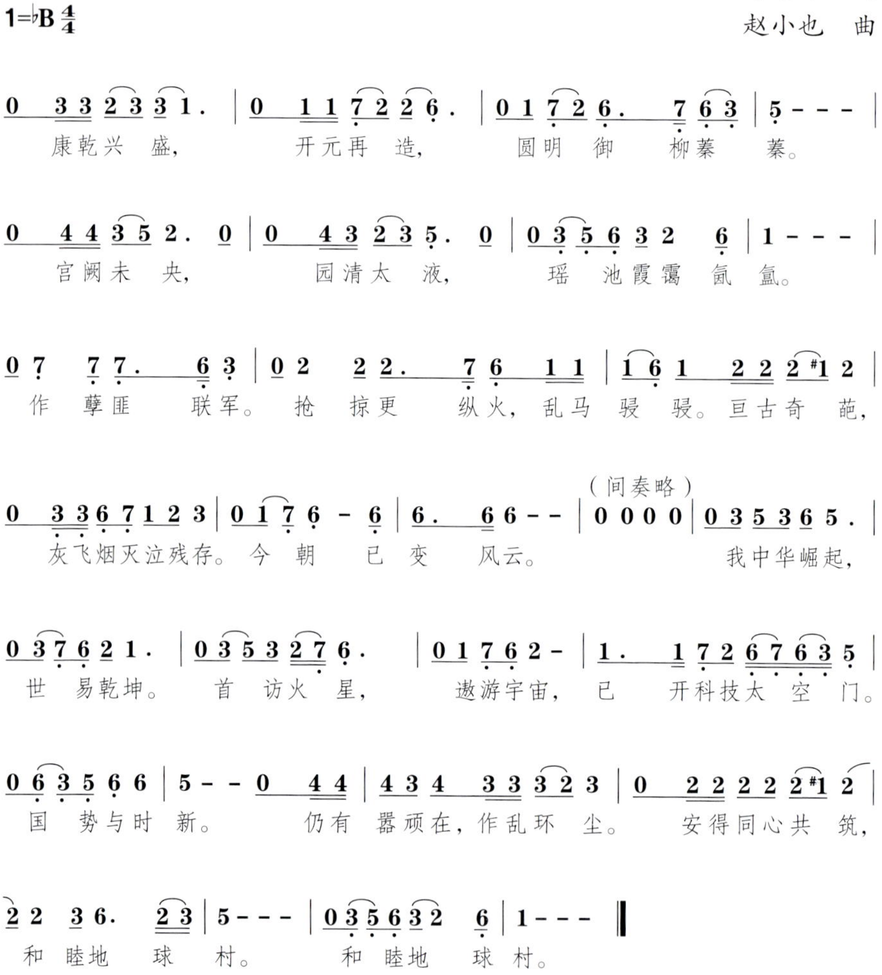

鹧鸪天·利玛窦

传道西风万历间，中华典籍更精研。以儒释教融乡俗，述理行文绘壮观。　　勾股律，几何圆。西方科学上金銮，明清皇贵供奇猎，误国封关三百年。

浣溪沙·回首

春满越城执手游[1]，百年梦影几时休。白头故地怯登楼。　　又是良辰怀蝶恋，奈何世薄品钗头[2]，回眸空对万千愁。

【注】

〔1〕越城，沈园在绍兴市越城区。

〔2〕钗头，指陆游《钗头凤》。

唐多令·从扑翼机到固定翼飞机[1]

大梦上青天，驭云霞万千。学鹞鸢、翼舞蹁跹。水复山重思尽处，易路辙、另更弦。　　定翼启新篇，花明惊路宽。万生园、寻遍无先。铁骨钢筋光灿烂，高昂首，上云端。

【注】

〔1〕自人类飞天之梦始，长期以来，以鸟为仿生对象，拟采用自身双翼扑扇为动力带动整体飞起，为研究扑翼机之始。达·芬奇先贤亦如是。到了晚年，他才意识到完全依靠人的体能而不借助外力的扑翼机是不可行的。19世纪初，英国人凯利提出固定翼理论，开辟了现代飞机发展的康庄大道。

少年游·卖柑者新说

刘基又见卖柑人，已士服纶巾。内中败絮，无妨生意，只看表如金。　　而今更说增奇效，服用葆长春。信众纷纷，谎言千遍，好似要成真。

忆江南·避暑雅安

京城夜，三伏汗浸衫。天上长风吹铁鸟，山中豪雨溅珠盘，拥被觉衣单。

浣溪沙·题周有光携吾孙照相

周有光先生是我二儿媳的舅公，每年都前去看望。2013 年他已 107 岁，恰好长吾孙 100 岁。两人合影，两个世纪，感慨万千。

老少岁差一百年，孤鳏陋室亦心宽，风霜虽已刻苍颜。　从小蜜糖娇喂养，长成坎坷可承担？但求托福砺辛艰。

▶ 周有光携吾孙，周时年已 107 岁

忆江南·1995年访孟买有感

繁盛地，巨贾影匆匆。画栋烟云遮夕照，楼台霭雾暗朝红，宗主老皇宫。　　贫民窟，望眼眯朦朦。十里连绵无尽处，四时寒暑委身篷，世代乱营丛。

第二篇／随感

诗词四十九首

古诗三首

疑与悟[1] *

太阳绕地，众目观之。
眼见为真，何人疑之？
古今中外，悉皆如是。
灵均《天问》，深省百题。
求索质疑，开悟之端；
应者寥寥，只花不果；
因循者众，新异思难。
大疑诘难，地心之说，
颠覆潮流，天地置翻。
大智偈曰：不疑不悟，
小疑小悟，大疑大悟。
大疑功成，心意戚戚，
仰天长吟，《渔父》独孤。

【注】

〔1〕在写此首之前，曾写了一首同意之七绝：

太阳绕地寻常见，岂责苍生随世潮。
自古大疑萌大悟，奈何疑者仅寥寥？

此虽简明，但觉意远未尽，遂尝试以此古风抒发其意。

围　棋

黑白阴阳生死搏，天昏地暗惊魂魄。
潜龙不发待时机，猛虎伏身奇袭跃。
苟沾小利喜开眉，大局沉疴犹不知。
怯战不前安乐死，争强恃勇势垂危。
急功近利企奇迹，失忽权衡盛亦衰。
不战屈人方上策，深谋远虑达猷期。
围棋岂是雕虫技，其道无穷精且奇。
征战运筹谋大略，安邦治国旨同规。

峨眉拜佛*

宝殿烟云绕，日沉暮鼓频。
皆言我佛好，彼岸渡几人？

五绝十二首

生　命*

零落小松子，苍茫云雾峰。
潇潇风雨后，裂石一青松。

归　宿*

溪流出湫窟，万里奔无歇。
终归沧海中，滴水不枯竭。

红　豆

回眸泪滴裳，衾冷恨更长。
白发闺笺老，犹闻红豆香。

无题之一

开窗偶凝对，无语万般情。
岁月蓬山远，梦回凝对睛。

无题之二

忘却营营意，心清空有无。
喧diff万籁静，闹市亦吾庐。

无题之三

珍稀谀上司，笑脸刮民脂。
妻妾已无数，成堆钞发霉。

黄　昏

落日挂斜枝，蜻蛉逐影追。
余晖催倦乌，行乐不多时。

读　书

卷书涵四海，苦读悟千秋。
心旷目高远，胸宽纳五洲。

圆　梦

辉煌五千载，屈辱百余年。
踏上复兴路，重登世界巅。

牡丹与寒梅

国色艳群芳，秋冬远白霜。
寒梅山野处，犹得雪中香。

空调安装工

三伏火云红，高楼人挂空。
汗流浇裂土，百姓享凉风。

秋　夜

枝头鸟归歇，腐草萤光惚。
风轻水不惊，蹑足捞圆月。

七绝十七首

小　池*

春雷乍起春池动，水暖鱼虾乐藻丰。
万类争游囿半亩，不经江海不成龙。

八十赏晚景有感*

人近黄昏多怅惘，可知晚景别般妍。
晚枫霜叶停车看，垂钓姜翁渭水边。

抗疫巾帼*

黑云翻滚鄂州危，飒爽英姿仁者师。
花季白衣生死与，何曾相问是相知。

抗疫有感

誓扫新冠不顾身，白衣多少丧瘟尘。
酒楼市肆多寥落，自愧无功仍厚薪。

钓　鱼*

春风得意钓鱼塘，群鳜争相抢饵忙〔1〕。
钓者不知正被钓，钓场犹比宦游场。

【注】

〔1〕为取悦钓者，鱼塘主人多日不喂鱼食。

书　生*

一介书生槛积灰，不期金榜中头魁。
弹冠相庆非三子[1]，四杰吟诗誉大才[2]。

【注】

〔1〕苏洵《管仲论》："一日无仲，则三子者可以弹冠而相庆矣。"三子，指竖刁、易牙、开方。此句则谓弹冠相庆的不是三子之类的人。

〔2〕据后蜀何光远《鉴诫录》，唐穆宗长庆年间，元稹、刘禹锡、韦楚客同会于白居易之居，论南朝兴废之事。白请各赋《金陵怀古》一篇。刘位低恃才，请为首唱。白览诗曰："四人探骊，吾子先获其珠，所余鳞甲何用？"三公于是罢唱，但取刘诗吟味竟日。

径赛场*

过客匆匆百米跑，急升急降笑跳高。
我登场上舒筋骨，万里持恒堪自豪。

死犹未已 *

古人云，鞠躬尽瘁，死而后已。大马哈鱼千里奔波回故地，死后以躯体喂养幼鱼苗，是死犹未已。

临死洄游万里遥，将躯喂哺幼鱼苗。
唯人灵冠万生类，将以何为利后朝?

无　题

日夜清涎吞不尽，何曾期盼嗜清茶。
当年高干红旗轿，开进寻常百姓家。

暮　春

夜深衾冷翠楼空，雨打桃花乱绿丛。
无可奈何春欲去，不堪最是睹残红。

秋夜星辰

幽清大漠赏秋辰，织女牛郎似我邻。
璀璨晶莹入仙境，返城星远返凡尘。

金　鱼

龙眼晶晶尾舞娑，鱼池水暖戏莲荷。
不期洪水波涛涌，眼破尾残嗟奈何。

赏柏瘿有感

在公园闲游，见柏瘿独具特征，拍照记之。

虫致瘿生呈百态，有如骚客对官场。
刚遒苍劲融圆润，灵变多姿而不僵。

附

普天存真美

拍摄苍柏瘿瘤时，有过客不解窃笑，遂有此随感。

瘿瘤欣喜得，过客微讥色。
普天真美存，相见难相识。

苍柏瘿瘤

春

晨见红珊出枝上，芙蓉凝露半开苞。
如酥润物霏霏雨，一夜春风上树梢。

一夜春风上树梢

秋蝉唱晚

吟蝉骚客怜悲唱，可识凄凄送伴听？
岂责登徒子好色，天生万物衍生灵。

渔　翁

玉尘飞舞白茫茫，寻路匆匆夜网张。
歌舞楼台享美味，雪添渔叟满头霜。

动物界

恃强凌弱泛腥风，同类相残江水红。
狼狈为奸阴苟结，人间敢问几多同。

五律三首

胡　杨*

金秋生北国，肃杀笼荒村。
风过墟烟冷，沙飞烈日昏。
劲根深瘠野，铁脊傲乾坤。
把酒酹雄杰，萧萧大漠魂。

胡杨——萧萧大漠魂

农民工

终年面朝土，农贱使人忧。
茅屋一为别，都城几度秋。
江山添景气，华夏展宏筹。
又是月圆夜，几家望月愁。

隆冬室外加装电梯

深冬工不辍，风冽透衣襟。
金手如花裂，青丝若霰淋。
一窗分两界，内外不同音。
谁解直梯便，饱含离苦心？

七律两首

武汉抗疫

魑魅无端汹涌来，江城笼雾暴瘟灾。
冷清除夕愁相对，凄切元宵望月哀。
忍看苍生又新鬼，激扬扁鹊展医才。
白衣百战抛生死，玉宇澄清万里埃。

伯　乐*

代有风流人杰出，几登圣殿几沉沦？
陶潜诗赋曾寥落，轼谓汉唐无过人〔1〕。
寂寞少陵身后事，识才元稹墓铭伸〔2〕。
真金埋地掩光泽，还待掘金清垢尘。

【注】

〔1〕陶渊明诗文语言平淡而蕴含深邈，但晋人重华丽辞藻，因而陶并不被时人认可。比如齐梁时代刘勰《文心雕龙》遍列晋代文人，包括很多鲜为人知的人物，却未见关于陶渊明的只字片语。梁代沈约的《宋书》、萧子显的《南齐书·文学传论》等也都如此。从唐代才开始逐渐对陶渊明的诗文有了较高的评价，而苏轼则给以总结性的更高、更完整的评论，他说渊明之诗“质而实绮，癯而实腴，自曹、刘、鲍、谢、李、杜诸人，皆莫过也”。

〔2〕公元770年，杜甫逝世，他渴望自己的诗将赢得“千秋万岁名”，但实际情况是身后一段时间依然名不彰、声不显。几部时人的唐诗选都没有一首杜诗。直到他殁后43年，元稹在为杜甫写的墓志铭中说：“苟以其能所不能，无可无不可，则诗人以来，未有如子美者。”这样高的评价才如一声春雷，惊醒诗界，由此名动天下，广为传播。

词十二首

阮郎归·嫦娥四号降落月背天河基地*

嫦娥应悔偷灵丸，飞天形影单。谪居寥落背冰盘，娉娉人爱怜。　　长火箭，大飞船，天河送翠钿。带来温暖似人间，广寒不再寒。

浪淘沙·贺天问一号入轨成功*

欲访火星难，浩宇微斑。成功入轨庆安然。杯里琼浆干又满，天地同欢。　　回首百年前，民族危艰。而今天问踏峰巅。历尽沧桑多少事，换了人间。

卜算子·天问一号浮想*

揽月上青天，乃谪仙豪语。今火星朝更远探，天问深空旅。　　太白满樽欢，含笑殷勤举。他日飞船若得闲，可好携吾去？

望海潮·天问一号首登火星抒怀*

“嫦娥”探月，蟾宫如见，火星浩宇微斑。“长五”送飞，“融车”搭载，首登乌托平原。起落小山峦。又升太空号，宇宙飞船。纵览环球，“天和”“天问”技前沿。　　百年回首难言。叹衰颓国势，民族危艰。求索图存，披荆建党，抛头颅换人间。改革破篱藩。迈复兴大道，重上峰巅。弹指挥间百载，举世绝无先。

浣溪沙·回首*

春满越城执手游[1]，百年梦影几时休。白头故地怯登楼。　　又是良辰怀蝶恋，奈何世薄品钗头[2]，回眸空对万千愁。

【注】

〔1〕越城，沈园在绍兴市越城区。

〔2〕钗头，指陆游《钗头凤》。

唐多令·从扑翼机到固定翼飞机〔1〕*

大梦上青天，驭云霞万千。学鹞鸢、翼舞蹁跹。水复山重思尽处，易路辙、另更弦。　　定翼启新篇，花明惊路宽。万生园、寻遍无先。铁骨钢筋光灿烂，高昂首，上云端。

【注】

〔1〕自人类飞天之梦始，长期以来，以鸟为仿生对象，拟采用自身双翼扑扇为动力带动整体飞起，为研究扑翼机之始。达·芬奇先贤亦如是。到了晚年，他才意识到完全依靠人的体能而不借助外力的扑翼机是不可行的。19世纪初，英国人凯利提出固定翼理论，开辟了现代飞机发展的康庄大道。

少年游·卖柑者新说*

刘基又见卖柑人，已士服纶巾。内中败絮，无妨生意，只看表如金。　　而今更说增奇效，服用葆长春。信众纷纷，谎言千遍，好似要成真。

忆秦娥 · 无题

桃红怯，阳春三月霜寒冽。霜寒冽，宓妃留枕，子规啼血。　　沈园世薄伤离别，白头梦断闻声咽。闻声咽，回眸秋水，泪凝残月。

鹧鸪天 · 天舟颂

行路艰难冰雪封，路何处在望苍穹。强摇木棹期津渡，直挂云帆济海蓬。　　离大地，上天宫。卫星遥测识行踪。飞天今已寻常事，“长七”推“舟”济太空。

卜算子 · 不龟手之药

耄耋历沧桑，求索寒江野。得药严冬手不龟，群起依葫画。　　虽得富豪扶，似效颦东姐。蹙额长吟叹独醒，何得真知者。

霜天晓角·本性

鹤鸣旭日，驭早霞游弋。墟里薄烟缥缈，天穹紫，群峰赤。　　心空随野色，清流循我迹。扶杖静听泉唱，莺歌和，神飞逸。

忆王孙·睡莲

一池碧水孕春莲，五月朝阳花竞妍，夜合温馨神女怜。　　月儿圆，不晓忧愁香梦甜。

▸睡莲

第三篇／游记

诗词七十二首

五律五首

扬州怀古*

昨饮邗江水[1]，今登明月楼[2]。
入眸隋御柳[3]，已逝锦帆舟[4]。
南国滋春梦，西湖载酒游[5]。
风流终作土，何必枉寻愁。

【注】

〔1〕邗江：今日运河扬州段，与两千年前的运河古邗沟路线大部分重合，与隋炀帝时期的运河完全重合。

〔2〕唐人徐凝有诗句“天下三分明月夜，二分无赖是扬州”，清人员氏以此建“二分明月楼”。

〔3〕隋炀帝开凿运河，沿河建堤植柳，称隋堤御柳。

〔4〕隋炀帝的船皆用锦帆。

〔5〕西湖，指瘦西湖。

秋日荔波游

秋雨洗尘净，心清气息舒。
瀑飞飘素缎，直下溅莹珠。
水远闻鸣鹤，林深窥憩鸬。
夜来云破月，秉烛有余酤。

荔波七孔桥

恩施游两首

之一

平林散墟落，晨雾薄云天。
碧水扼危石，青山挟小船。
渔樵竹枝调，楚客瑟琴弦。
袅袅孤烟直，莹莹白玉圆。

之二*

一江高峡出，三省万山连。
地陷千寻涧，崖开半寸天。
游山晨雾迷，闻浪夜惊眠。
邀做田家客，野菇清烩鲜。

崖开半寸天

雨城之骄

雅安骄四雅，雅女一枝花。
雅雨清尘世，雅鱼肉嫩滑。
雅云连四海，数据竞豪奢。
薄雾云升处，青山绿水家。

七律六首

米兰大教堂*

朦胧中世见微芒，五百年成大圣堂〔1〕。
琼玉辉融明月色〔2〕，琉璃彩夺晕环光〔3〕。
塔穿云雾通苍昊〔4〕，桥向天河访织娘〔5〕。
更替多朝工不辍〔6〕，亡秦何必毁咸阳。

【注】

〔1〕米兰大教堂始建于1386年，至1965年教堂正面最后一座铜门安装完毕才算全部竣工，历时579年。

〔2〕教堂用白色大理石砌成，是欧洲最大的大理石建筑。

〔3〕窗棂镶嵌彩色玻璃。

〔4〕教堂顶上，有135座哥特式大理石尖塔，最高的达108米。

〔5〕教堂顶上，纵横交错着33座石桥，意欲通达银河。

〔6〕在修建期间，不仅改朝换代，而且先后经历了法国、西班牙、奥地利等国占领，特别又遭受了第二次世界大战的破坏，但仍秉持最初制定的建筑风格和理念，最终完成了这一世界建筑史上的巨作。不因改朝换代和战乱而终止、焚毁，这是最难能可贵之处。

米兰大教堂顶局部

峨眉背石人

2015年8月游峨眉山，见仍有背夫背石上山，且有妇女参加，心潮起伏，久不能静。

伏天背石犹烧烤，步履蹒跚金顶遥。
斑鬓稀疏棱突骨，皱纹满面折寒腰。
更怜少妇随夫役，本是红颜惜已憔。
富置休闲安乐墅，贫居陋室避风萧。

夏威夷火山

雷生地狱震檀湾，烟火翻腾冲宇寰。
入海熔龙育新岛，飞天尘雾积灰山。
岩浆蠕动漫荒野，嫩叶萌生出隙间。
坚石扎根根裂石，经年苍翠换山颜。

嫩叶萌生出隙间之一

嫩叶萌生出隙间之二

古罗马竞技（斗兽）场*

金宫墟上逐欢忙[1]，血雨腥风成日常。
曲道回盘连地狱，雕阑飞阁向天堂。
蜀山魂化阿房殿，白骨堆成竞技场[2]。
半壁颓垣犒过客，古城暮霭暗残阳。

【注】

〔1〕金宫是古罗马皇帝尼禄的宫殿，公元64年被大火焚毁，竞技场在金宫废墟上修建。

〔2〕十万奴隶死于修建该竞技场。

古罗马竞技场内部

札幌登别地狱谷

火山蓄势褐烟冲，瘴气翻腾眯眼瞳。
黄霭漫丘凄慄慄，黑云欺谷郁忡忡。
残浸磎壑狭野寂，蚀剥岩屏硕石空。
三月阳春无绿意，长年四季绝鸣虫。

▸ 札幌登别地狱谷

晋祠周秦古柏*

不辞风雪伴先贤，龙凤盘根裔殿前[1]。
岁月千秋滋翠叶，斧刀一霎断华年[2]。
大材釜下成薪火，精魄云中化紫烟。
余意缠绵绕孤木，天生连理两凄然。

【注】

〔1〕古柏在苗裔堂前左右各一株，有“龙头柏”“凤尾柏”之称。

〔2〕清道光年间，当地人将左株砍伐用作柴薪。

晋祠古柏

五言古诗一首

都江堰

川西古蜀国，旱涝灾频逼，岷江天上来，倾下东南仄。
滔滔碧绿色，浩浩奔无息，江流势渐平，水缓沙沉塞。
骤雨忽倾盆，汛涨漫野村，都城水天接，平地见游鲲。
天乾井底竭，万亩田龟裂，苗禾惜尽枯，颗粒三秋绝。
任贤秦势盛，四海重权倾。“得蜀则亡楚，楚亡天下并。”〔1〕
求访伏龙鹏，诚委贤李冰，江心鱼嘴定，劈水半分棱。
灌溉内江水，排洪外侧浮，沙洲筑石堰，鱼嘴引其头。
既溢多余水，丰盈于灌畴，更抛泥碎石，通畅内江流。
玉垒山烧灼，开通宝口溇，内江流水扼，其效似咽喉。
无坝而引水，天然得灌畴，水患得降伏，成就天府州。
五洲古水利，几尽野荒沟，唯我都江堰，效能今仍优。
世代多更替，悠悠日夜流，苍生感恩泽，父子耀千秋。

【注】

〔1〕秦相司马错语。

▸ 都江堰

五绝五首

易水凭吊

悲歌慷慨地，怒发别燕丹。
壮士死生与，萧萧易水寒。

海湾日暮

落日入苍山，云霞烧海天。
余晖催夜泊，鸟倦绕林颠。

▸ 海湾日暮

蒙山茶[1]

明前嫩绿芽，尘骑到皇家。
扬子江心水，蒙山顶上茶。

【注】

〔1〕蒙山在四川雅安。

蒙山茶

平遥古城墙野草*

秦汉土城壁，萋萋野蔓生。
兴衰几更替，谁念草枯荣？

蜀南竹海

盘根无尽处，千里蔽云天。
莫道中空腹，生存遵自然。

七绝三十六首

北航荷塘九首

之一　序曲

莺啼春晓催花绽，翠唱荷红盼藕莲。
霜染层林枫最好，雪凝大地独梅妍。

荷塘冬景

之二　春

和风拂柳未萌萍，日暖晓寒回渚滨。
觅得旧巢添细草，绒雏逐母一湖春。

一湖春

之三　夏

六月荷塘清雾晨，珠明红绽绿蓁蓁。
只闻深处啁啾叫，叶动花摇不见身。

夏荷

之四　秋

秋高日暮余晖灿，云淡星稀月上梢。
池水湛湛荒草暖，宵寒不到渚边巢。

▶ 秋塘

之五　初冬

残阳不力北风恣，湖水将冰凫早知。
遥看春雏已飞起，绕塘三匝去南池。

之六　隆冬

菡萏凋垂飞雪凝，疏枝零落半池冰。
飞禽一去唯寥寂，留得残阳伴月升。

冰雪水共存

之七　望春

朔风凛冽恣残池，百叶凋零尽折垂。
雪压枯蓬犹不倒[1]，来年此处看新枝。

【注】

〔1〕枯蓬，指长熟的莲蓬。

雪压莲蓬

之八　荷塘乐天派

众媪八旬犹十八，天晴下雨赏荷花。
欢天喜地不知老，更有笑声胜女娃。

之九　荷塘筹建人

大学同窗邹雄，1957 年有过激之言，毕业后暂在学校后勤处劳动，负责设计修建北航绿园，荷塘是其主景之一。

同窗修建小荷塘，春看新雏夏纳凉。
秋有鸣蝉冬赏雪，斯人已去后人忘。

秋日访张北元中都遗址*

萧瑟秋风摧草黄，人烟寥寂野墟荒。
沙场霸业今何在，零落残垣伴夕阳。

干涸的大瀑布 (Dry Falls) *

美国华盛顿州东部，曾经有地球上最大的瀑布，宽约 5 600 米、高约 122 米（尼亚加拉瀑布宽约 1 100 米、高约 50 米），因地质变迁，现已干涸，成为干涸的大瀑布，只留下一洼洼清水，但高高的陡峭绝壁依然屹立。

直下千寻四海倾，咆哮万里五雷鸣。
一朝怒触乾坤覆，唯剩秋池细雨声。

干涸的大瀑布

张掖怀古

甘州塞上老城孤，九月寒摧草木枯。
自古沙场归者少，但将余赘换清酤。

鲁比海滩（Ruby Beach）*

2016 年夏游历鲁比海滩，此乃美国西海岸北部一著名景点，位于西雅图西的奥林匹克国家公园海岸。在此见无数枯木沿海滩杂乱堆集，这非人力造就，而是千百年来自然形成的，实为奇观。

云杉万里蔑风寒，新叶葱茏老干残。
岁岁秋洪摧腐朽，木枯不玷大长滩。

▸ 鲁比海滩

1941 年红场阅兵

昔日红星举世倾，而今陨落五洲惊。
狂沙吹尽真金在，大敌城前犹阅兵。

大敌城前犹阅兵

冬日颐和园

皇苑冰封日影斜，夕晖散漫冷檐牙。
平湖映得长庚出，月上西堤噪暮鸦。

冬日皇苑

参访格林尼治天文台〔1〕*

首颁经纬定乾坤，舰弋大洋唯我尊。
占地环球日不落，中天已过向黄昏。

【注】

〔1〕格林尼治天文台（Royal Greenwich Observatory），于 1675 年创建于英国伦敦泰晤士河畔的皇家格林尼治花园，以满足 17 世纪英国海军全球航行精确经度定位的需求。1884 年，国际经度会议决定以通过该天文台埃里中星仪所在的经线为 0° 经线，这是当时英国的科学技术、工业发展以及航海业规模均居世界首位而自然享有的权利。第二次世界大战后，格林尼治地区人口剧增，污染严重，影响天文观测，遂于 1948 年将天文台迁往东南沿海的赫斯特蒙苏堡，而将原址改建为天文博物馆。

北疆游*

秋生佳气渐斑斓，最是斜阳五彩滩。
阿母绮纨覆丘壑，穆王五色泼山峦。

新疆五彩滩

克拉玛依黑油池

原油从地下涌出，在低洼处积成油池，莹润如玉，面平似镜，清晰照人。

荒野茫茫黑脉伸，涌泉洼满喜油纯。
墨脂光亮如明镜，笑对油池映笑人。

笑对油池映笑人

成都少城公园保路纪念碑

激奋民绅保路权，川人碧血洒衙前。
助燃辛亥熊熊火〔1〕，祭奠雄魂笑九天。

【注】

〔1〕孙中山在评价四川保路运动时指出：“若没有四川保路同志会的起义，武昌革命或者要迟一年半载。”所以四川保路同志会的斗争在中国近代革命史上占有光辉的一页。其纪念碑现列为全国重点保护文物。

郭沫若在其《反正前后》一文中指出：“公平而且严格的（地）说，辛亥革命的首功，是应该由四川人民担负，是应该由川汉铁路公司的股东们担负的。”（《中国近代史资料丛刊——辛亥革命（四）》，上海人民出版社）

访股商朝歌遗迹两首 *

之一

避周强势都东迁，心事如焚炙比干。
直谏剖心朝野震，雄才无力挽狂澜。

之二

不见烟花见野花，清明愁雨酒旗家。
小姑不识客心苦，轻婉莺歌半掩纱。

金陵怀古

雄踞江东碧眼郎〔1〕，硝烟赤壁好风光。
六朝帝业今何在？南国温柔富贵乡。

【注】

〔1〕公元221年，孙权占据江东六郡，建都建业，即金陵。

颐和园

皇苑日落噪昏鸦，国势衰微戏事奢。
甲午硝烟犹未散，德园夜唱后庭花。

皇苑日落噪昏鸦

成都武侯祠怀古

锦城千古森森柏，遥想祁山滚滚云。
昭烈庙中香火冷，武侯祠里祭烟熏。

张掖七彩山

鸡血田黄峰壑满，斜阳一抹更斑斓。
何方巨贾轻千万？酒后天公自砌山。

▸ 张掖七彩山

桂湖初秋

新都八月夜初凉，草木葳蕤晨见霜。
夕照蜻蛉逐蚊舞，暮蝉幽唱送秋香。

泰山观日出

曈昽喷薄透晨光，云淡霞飞扮早妆。
如火旭红破海出，水天一色孕双黄。

宜宾两首

之一

西南形胜古戎州，百舸千年绕北楼。
多少兴衰杯酒里，长河逶邃向东流。

之二

茫茫云雾碧峰浮，竹海清风几度秋。
滚滚长江劈山出，征帆万里下扬州。

泸州百年

护国岩边度暮春[1]，来回赤水奠荒津。
泸州好酒名天下，今日鸿篇更醉人。

【注】

〔1〕护国岩在永宁河畔，蔡锷在此指挥护国战争，并在此地去世。永宁河横穿泸州市纳溪区。

唐人街*

三更犹见酒旗飘，一碗云吞美夜宵。
赚得小钱强笑脸，他人檐下莫伸腰。

深秋游海河过袁世凯遗邸有感*

沉香薰暖养尊楼[1]，寒士临冬漏屋愁。
位极曲终一抔土，奈何唯此享同筹。

【注】

〔1〕袁世凯在天津有多处府邸，海河东路 39 号是其一。

花溪悼英灵

戴安澜将军曾安葬于贵阳花溪公园，1947年迁葬故乡，花溪公园留衣冠冢。周恩来悼曰：“黄埔之英，民族之雄”。

银蛇金凤舞花丛〔1〕，花落花溪溪水红。
血沃神州掩忠骨，巍巍青冢出苍穹。

【注】

〔1〕蛇山、凤山皆花溪景点。

花　溪

镜平绿水入冬湖，瀑落飞流溅玉珠。
白鹭南飞碧空尽，春回水暖育新雏。

峨眉山品鸡有感

味馥汤清神女烹，余香尽日口涎盈。
白头方得少时味，只此峨眉不枉行。

阿尔山

山不高而有神韵，水非深却似龙巡。
五洲四海人如织，北国畅游南国春。

▸ 龙巡阿尔山

▶阿尔山之夏

词十八首

清平乐·二泉映月 *

二泉清澈，长夜风霜冽，冷月凝愁孤影孑，瑟瑟寒江飞雪。　　低吟落木萧萧，高歌万壑松涛。声动人间天上，挥弦如诉离骚。

清平乐·二泉映月

陈懋章　词
赵小也　曲

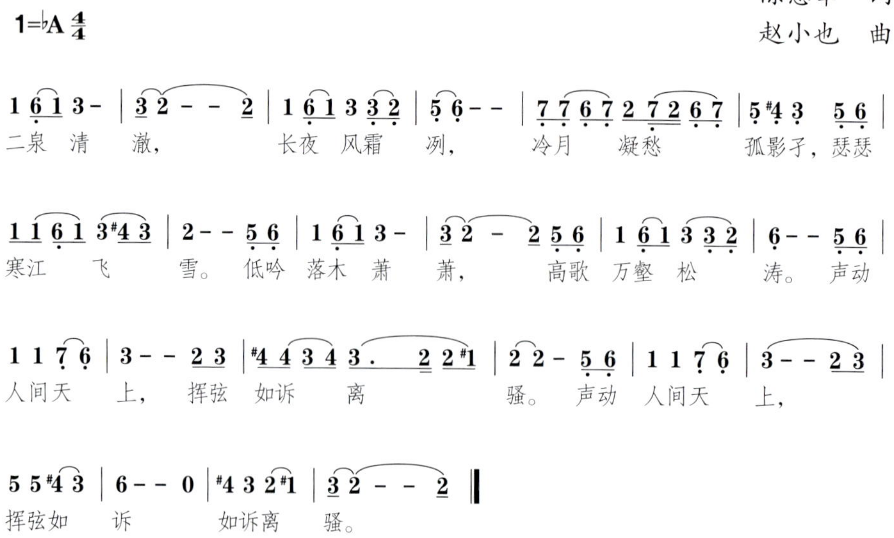

忆王孙·西湖游

縠纹潋滟晓春寒，莺啭回廊莫扰眠，一抹晨光分外妍。　　问高天，可得长青西子颜？

忆江南·伏尔加纤夫

秋风起，长路步沉沉。忍看纤夫饥殍倒，不堪荒壑又新坟。坟上寂无人。　　波涛涌，大浪卷残云。万里长歌悲广宇，一腔忧愤洒乾坤。把酒酹愁魂。

天仙子·黄山春雪

夜醉莲峰邀月憩，醒来飞絮弥天际，梨花妖娆万千姿。春雪霁，素装替，一夜群山莹玉砌。

渔歌子·喀纳斯湖

玉蝶纷霏六月间，冷烟笼谷夕阳残。飞鸟绝，雪杉眠，嫦娥休说月宫寒。

夏日喀纳斯湖雪山

江城子 · 凭吊滇西缅北战场*

硝烟散尽岁悠悠。水长流，绕坟丘。当年鏖战，今日醉红楼。猛士远征慈母泪，万人白骨几人收？

诉衷情 · 雅安熊猫基地

莽苍葱郁碧峰峡，国宝喜还家。大仔一晌贪睡，爱憩树高杈。　　飞雪舞，二仔娃，滚花花。三仔无赖，最是缠人，抱腿忙爬。

生查子 · 吴哥拜佛堂

丘野一僧堂，路侧千人乞。母子冷相依，讷讷无声喝。　　落魄冽风欺，怯见枯黄叶。能解吃穿忧，谁守三更月。

浣溪沙·老人河

曼舞轻歌欢酒楼，沉沉步履逆江舟，哪堪背负万千愁！仰望天堂无去路，但求荒野有坟头，灵歌长咏水长流。

忆江南·1995 年访孟买有感*

繁盛地，巨贾影匆匆。画栋烟云遮夕照，楼台霭雾暗朝红，宗主老皇宫。　　贫民窟，望眼眯朦朦。十里连绵无尽处，四时寒暑委身篷，世代乱营丛。

水调歌头·九寨沟

夜露滴晨翠，湫隙涌清泉。潺潺碧水流湲，湛湛入幽潭。半壁凌空飞瀑，直下银珠乱溅，回首望垂帘。日照彩虹出，七色洒群山。　赏海子，明镜串，色斑斓。水天清澈，鱼欢嬉戏弄漪涟。苍鹭枝间小憩，翠鸟芦丛觅伴，九寨好悠闲。五柳应无恙，贺我有桃源。

九寨沟海子游鱼

望海潮·舟山游

舟山浮海，钱塘浪涌，潮头怒卷堤沙。沧海碧波，银帆远影，参差卓约高牙。晓雾展轻纱。半屏耸天际，瑶台蒹葭。野径崎岖，登临绝顶赏仙葩。　旭红出水如花。看鸥翔薄雾，鹰击朝霞。萧瑟抑扬，渔歌袅绕，悠悠撩动天涯。更渺渺琵琶。枕海波潋滟，旷澹何佳。被盖苍茫穹昊，消尽世浮华。

浪击舟山

水调歌头·张家界

朝入绿深处，滴露渗肤寒。晓风细雨溟溟，渺渺听秋蝉。层荫荒芜草蔓，碧澈清流潋滟，苍鹭舞翩翩。白日影濛漠，寻觅竟无山。　　陟高巇，低崇峻，断崖悬。群峰怒起，遥看南岳半山间。云瀑横空飞泻，夕照山巅尽染，霞彩舞斑斓。欲得武陵谛，举步逐阶攀。

张家界

忆江南·避暑雅安*

京城夜，三伏汗浸衫。天上长风吹铁鸟，山中豪雨溅珠盘，拥被觉衣单。

天仙子·气象万千游庐山

细雨桥虹霞舞翠，游云浮岭迷离媚，旭红夕照惹人痴。霜满地，雪霏雰，气象万千人未识。

云雾庐山

天仙子·江南梦断大漠秋

十月出大漠，既无南国的妩媚，也无风吹草低见牛羊的肥美夏日风光，而是一片苍凉。胡杨挺立在广袤的秋原上，树叶凋零，孤寂壮美。

梦忆江南春妩媚，杂花生树斜丝翠。夜残梦断忽秋声。惊犬吠，朔风恣，桀骜胡杨寒月对。

大漠秋

清平乐·西昌邛海

轻摇双桨，八月微风爽。柳岸林梢蝉竞唱，溪水潺潺流淌。　　鹰翱淡淡云间，鸥翔闪闪渔帆。邛海夕阳晚照，霞随火箭飞天。

望海潮·圆明园祭*

康乾兴盛，开元再造，圆明御柳蓁蓁。宫阙未央，园清太液，瑶池霞霭氤氲。作孽匪联军。抢掠更纵火，乱马骎骎。亘古奇葩，灰飞烟灭泣残存。　　今朝已变风云。我中华崛起，世易乾坤。首访火星，遨游宇宙，已开科技太空门。国势与时新。仍有嚣顽在，作乱环尘。安得同心共筑，和睦地球村。

望海潮·圆明园祭

陈懋章　词
赵小也　曲

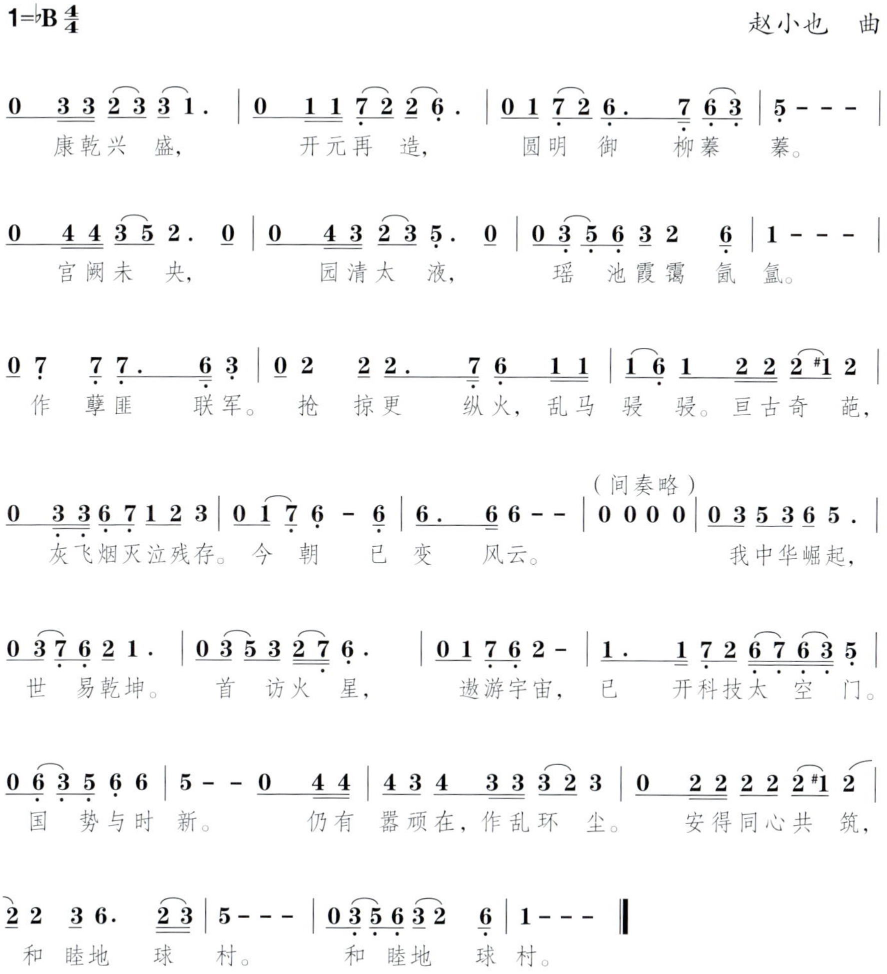

赋一篇

圆明园赋

太行北跨，交汇幽燕；国祚兴盛，圆明壮观；山祖昆仑，西踞园巅。众流之归，蓬莱东展；衔山抱水，丘壑幽涧。田园阔而皇宇隐现；杏村深而琼浆溢溅。南国多娇美，缩天易地，尽收斯园。

崇阁巍峨，收华紫禁；金窗玉槛，珠幔翠荫。穷世间之梦幻，营人文之琼阁，跨阊阖而步九天。

然日高而晕，月满而亏；康乾之后，国式渐微。外强中干，何堪一战。一八六零，岁在庚申；英法联军，占天津，破北京，入圆明。马啸啸，车辚辚；皇室宝藏掠无存。绝世丹青遭荼毒，连城珍宝幔帐卷；殿宇亭阁洗劫空，牛头马面亦遭难；丧心病狂更纵火，连日黑烟不见天；可怜旷世圣殿成焦土，亘古奇葩毁一旦！

呜呼，泱泱大国，盛极一时，何衰败之速也？康乾之盛表也，架构之疾根也。苍生之祸福，社稷之安危，皆系于一身，君明则兴，君昏则危。天无常晴，月无常圆，安得世世明君？更闭关锁国，愚昧无知；唯我独尊，余皆狄夷。不晓外世之日强，狂妄源愚昧，愚昧更增狂。

名园劫难，百六十载；中华崛起，世容尽改。然环顾五洲，丑陋依旧；贪得无厌，强食弱肉；贫富悬殊，更出古右。恃强入侵他国；称霸欺世，地球仍无宁日。余虽年迈，位卑声微；直以心吁，良知、理性、智慧。共营和谐地球村，九州清晏；德圆智明，五环光炫。泽润千秋万世，永享至真至善至美。

第四篇／人物

诗词十六首

古诗两首

玄奘颂

隋唐经意歧，玄奘觅真知，万里步天竺，寻源探佛毗。
时禁自离域，冒越私逾国，西行生死危，丝路长残缺。
夏秋荒漠燃，灼石炽沙煎，经日不沾水，马亡人续前。
酷冬风冽残，恣肆彻身寒，千里纷飞雪，茫茫无处安。
崎岖越葱岭，冷瑟跨沙河。五载路坎坷，终临那烂陀。
遍访众高禅，从师拜戒贤。纷纭学派立，研读得真传。
辩经五千俊，道俗随开衅。高高玄奘坛，衅者终归顺。
大乘崇倍敬，尊拜“大乘天”。更有小乘服，尊为“解脱天”。
驮经鞭急还，载誉抵长安，僧俗奔相接，唐皇尊以筵。
诚约以高位，婉言拂圣颜。情非随五柳，意非贵与权。
佛法重如山，译经济众船。浩繁心尽瘁，经卷译逾千。
中华多圣贤，千古几齐肩。富贵不心易，虔遵初愿坚。

日本斋藤与酒女

斋藤志趣向歌舞，父母斥为家族羞。
借酒浇愁终日醉，才俘酒女得情投。
情深财薄倾全力，渐得斋藤入主流。
才气无伦惊四海，声名鹊起动五洲。
连枝比翼期正果，冷世无情拆热鸥。
唯唯斋藤娶妻室，凄凄酒女守空楼。
香消春尽寂催老，无悔痴情唯有愁。
明月徘徊不成寐，寒衾长夜苦情囚。
经年郁郁妻离世，岁月悠悠双白头。
天似有情圆夙愿，森森门第万寻沟。
委身越女成大业，空守终身空泪流。
八十又三婚礼日，相倚长恨断魂时。
黄泉始遂少时意，可喜人间仍有痴。

七律七排五首

少帅张学良*

少年纨绔长公子，千古悲歌雄杰魂。
忍看夷蹄践乡土，敢驱天马缚鹏鲲。
惊天动地庙堂乱，扭转乾坤万众欣。
而立辉煌功业尽，囚臣冷暖寄余樽。

赵四小姐

风流倜傥长公子，豆蔻千金自妾嫔。
后主俘随宫女泪，囚臣温傍美人亲。
群花凋谢来年发，红粉颜衰不复春。
风雨百年天亦老，老天眷顾有情人。

武则天*

心高位贱叹身雌，算计超皇父子痴。
帝业功成冤鬼忿，龙床夺得豆萁悲。
三千佳丽无人责，面首几名何理亏？
不比虞舜与尧禹，却承贞观启隆基。
岂忧偏见长欺世，何患乌云永蔽曦。
千古风流任评说，乾陵御阙立空碑。

唐明皇

开元伟睿更无前，玉宇荣昌臻至巅。
曾纳姚君言逆耳，惜由李相手遮天。
承恩骑马宫门入，恃宠娇嗔金屋妍。
半世英明昏半世，长生梦断恨无边。

戴安娜

倾城倾国未离愁，何为虚名守冷楼。
宫阙森严笼里鸟，浩天辽阔任行由。
两情长久争朝暮，三月春残空泪流。
又是天难真善美，红颜命薄恨千秋。

七绝四首

宋美龄

亦曾抗日广援盟，演讲刚柔国会倾。
遗恨拒行公子策，护贪私宋落污名。

魏　源

启蒙先觉发新篇，支配人心逾百年。
成就维新深变革[1]，石投枯井满皇权。

【注】

〔1〕梁启超认为，魏源《海国图志》之论，对开启日本明治维新有巨大影响，且实际支配中国百年来人心。

大学同窗张某

华年信口误前程，浪迹天涯久寂声。
无恨但愁双鬓雪，大书黑洞慰平生[1]。

【注】

〔1〕张洞生著《黑洞宇宙学概论》，2015 年出版，时已年逾八旬。

▸ 大学同窗张洞生所著《黑洞宇宙学概论》

悼念袁隆平院士

平生何所求？甘做老黄牛。
恩泽济天下，袁星归白头。

词五首

念奴娇·风流独秀*

狂澜谁挽，看天降、千古风流人物。望尽天涯新辟路，独见陈公雄绝。意气汪洋，文章恣肆，支笔酋寒冽。八方圣旨，奈何屈子傲骨？　磊落斗士铮铮，轻抛荣辱，敢荐轩辕血。物转星移沧海换，终究长河清澈。万里江山，澄明一片，当九泉心悦。千秋功过，任凭来者评说。

鹧鸪天·利玛窦*

传道西风万历间，中华典籍更精研。以儒释教融乡俗，述理行文绘壮观。　勾股律，几何圆。西方科学上金銮，明清皇贵供奇猎，误国封关三百年。

江城子·访檀香山孙中山纪念场*

2016年7月游历檀香山[1]，专程造访孙中山纪念场。华人区内，一方草地，面积不大，仅约300平方米，一尊先生等身铜像，竖立在角隅。

有道是：历史一席，草地一隅！

檀香万里少年殊。誓驱胡，国吴都。他乡故土，立像叹魂孤。煊赫汗青尊一席，崇敬地，一芜隅。

【注】

〔1〕檀香山指美国夏威夷州首府——火奴鲁鲁。

少年游·王勃

滕王高阁出江滨，临席赋雄文。文章命达，古今乖隔，多舛惜魁魂。　落霞孤鹜飞天际，柔翅抚轻云。地下元婴，留名后世，可否永知恩。

南乡子·左宗棠

不第竟连三，文武双全济世贤〔1〕。卓见督成洋务办，争先，马尾头功机械船〔2〕。　镇海抚东南，征战沙场大漠安〔3〕。唯剩栋梁期数尽，凄然，岌岌王朝顷刻颠。

【注】

〔1〕左宗棠 1832 年（清道光十二年）中举人，后三次会试不第。

〔2〕1886 年，左宗棠上书请设局监造轮船，获准试行，即于福州马尾选址建厂，后为福州船政局（亦称马尾船政局）。左宗棠主政陕甘期间，创办兰州制造局（亦称甘肃制造局）和兰州机器织呢局（亦称甘肃织呢总局），后者为中国第一个机器纺织厂。

〔3〕清廷内部爆发“海防”“塞防”之争，李鸿章主张放弃新疆塞防，左宗棠主张两者都不能弃，并统兵西北，平定西北暴乱，收复沙俄侵占的领土，确定了现在的新疆疆域。

第五篇／亲情

诗词十二首

七律两首

古塔敬老院看望亲兄郑揆（陈懋隆），时年九十*

夕阳倦鸟白头兄，敢想当年天马鸣。
科场昆明才始露〔1〕，挥毫瑞士任纵横〔2〕。
孱孱鳏叟融松影，颤颤钟声响晚晴。
环顾茫然无故旧，将行挽我欲同行。

【注】

〔1〕吾兄1944年参加高考，他的考卷一挥而就，早早答完。他只报考了西南联大，后被录取。

〔2〕1954年日内瓦会议，周总理率团第一次以大国身份正式登上国际舞台，组团皆精英，吾兄被选派为新华社特约记者赴日内瓦，在《人民日报》发表了多篇文章，评论报道会议情况，时年二十七岁，此前他从未做过记者。

中秋望月思亲

余兄弟姊妹六人，散居各地，亦有远在异国他乡者，现均年老体弱，更已有长者辞世，中秋望月思亲，不禁百感交集。

儿时嬉戏乐融融，不意而今西与东。
大海分离共明月，阴阳永割不能逢。
儿孙郁勃青丝冕，我辈龙钟白发丛。
人到黄昏怯回首，不堪花落太匆匆。

七绝三首

临危担当——祖父陈子立

陈崇基，字子立，辛亥四川事变和平发展的主要策划、推动、斡旋者之一。

腥风血雨众惶惶，子立担当说蜀王。
终得和平大权易〔1〕，镌碑记事后人忘〔2〕。

【注】

〔1〕1911年（农历辛亥年），四川总督赵尔丰于8月10日镇压保路请愿群众，枪杀32人，酿成成都血案。由于形势发展，后期存在赵和平交权、不发生大规模流血冲突的可能。祖父陈子立在说服赵和平交权过程中发挥了非常重要的作用。周善培在其所著的《陈子立传》（《中国近代史资料丛刊——辛亥革命（四）》，上海人民出版社）一文中，对祖父陈子立在这一事件中的作用做了精辟评述，由于事件复杂，文字较长，现摘录并由古文译为白话文如下：对于总督赵尔丰交权和川人受权之事，无人考察其之所以授受的由来。坚持赵应交权、川人应受权的人，则是大竹陈子立。赵将四川的军权和财权交给四川人，逮捕而释放，实是赵之悔祸，而其中奔走之劳，则子立之劳也。赵之交权，是赵之仁，而敢于说赵交权，则子立之义。汤武彪炳后世，他是攫取别人之权为己有，但子立奔走说赵交权，则为避免川人流血，而并未考虑由谁来受权。当赵交权时，他仍拥兵二万余，金六百万余，赵一旦以此实力与川人争夺，川人之骨可能因争夺而堆积如山了。赵是坚强之人，如果没有切中要害的理由打动他，哪能强迫他交权。那时，官绅们都隐退避祸，担其任者，若无排万难之诚心，川人很难避免兵火流血之灾。在那极端困难的日子，子立和我闭门思计，子立独谨厚，尚能四处协调，即使遭遇各种疑忤而从不沮丧放弃。交权、独立之难，百倍于路争，谁想到像子立这样谨厚的人能坚持始终，最后达到和平交权、独立。

〔2〕为纪念保路运动，1914年在成都少城公园修建了“辛亥秋保路死事纪念碑”，在碑底座一侧，镌刻了陈子立书写的建碑记事，落款为“大竹举人陈崇基撰并书”。可惜此历史文物在“文化大革命”中被毁。现在那个位置，已被替换为于1988年政府重新拟就的建碑记事。

辛勤工作的避世者——父亲

生逢乱世避灾殃，诫子苍黄慎染场[1]。
濯足弄闲沧海涤[2]，辛勤一世养家忙。

【注】

〔1〕大约在1947年，记得一次父亲买了一本吴昌硕印刻拓本，其中一方用字镌刻着“染于苍”三字，阳文，古朴苍劲，字与边或融或缺，自然天成。他又讲了《墨子·所染》中“染于苍则苍”的含义，我那时还小，还不完全了解其中的深意。

〔2〕一次父亲带我们去看画展，有一幅画的题跋是“濯脚弄沧海”，画中一位老者坐在石块上，挽着裤腿，赤脚在海水中戏玩，神态飘逸，悠然自得。父亲看了很久，很欣赏那种融于自然、平静安闲的生活。

吴昌硕镌刻“染于苍”

题侄孙女小照

朦胧淑女出闺房，信步花园未扮妆。
无意争春羞国色，群芳丛里更幽香。

侄孙女

五绝一首

小孙满月

小孙逢满月，闭眼笑嘻嘻。
准有欢心事，梦中娶媳儿？

词六首

破阵子·缅怀曾祖父陈步武业绩

国势衰危怅惘，育才科技居先。首建县中男女校[1]，更谱高歌励向前[2]。后人尊像瞻[3]。　送子留洋求索，胸怀万里江山[4]。羸弱中华今崛起，世易乾坤天地翻。英魂慰九泉。

【注】

〔1〕1918年，曾祖父首建大竹中学，又建女中，现已合并。1978年被确定为四川省首批重点学校之一，2005年被评为国家级示范性普

通高中，2019 年被授予清华大学生源中学。

〔2〕曾祖父为大竹中学谱写的校歌：

风山千仞兮翱翔，共涅水兮流长。英才乐育胶庠。中坚人物期望，期望，期望，期望。望我学业向上，望我文化开放，望我竿头日进，改善中华气象，乘风破浪。

〔3〕2018 年，大竹中学建校百年，为缅怀创办者和首任校长陈步武，特竖立其半身雕像。

〔4〕曾祖父送祖父到日本政法大学留学，送堂祖父陈崇宪到法国留学，堂祖父陈崇宪是旅法中共早期党员。

2018 年四川大竹中学百年校庆，为纪念创建者陈步武所立铜像

少年游·求学别母出川*

赴京求学少离川，慈母絮冬棉。依依小站，迢迢路远，回哺待何年？　　大江东去辞三峡，月满万重山。鬓边霜雪，泪流老面，昨夜几更眠？

天仙子·母亲教我歌唱

慈母教吟双目泪，泪盈连雨荷珠坠。而今我教小儿吟，心已碎，面憔悴，夜忆母亲和泪睡。

浣溪沙·长兄

长兄陈懋钊1944年离蓉（即成都），1948年于上海交通大学毕业后，辗转赴美攻读、工作，直到1978年改革开放后才得回国相见，时已分离三十余年矣。

寻梦他乡将远行，萦思辗转斗杓倾，披蓑怜弟买空筝。　　三十余年得再见，六旬开外鬓霜生，阴阴老宅燕雏声。

浣溪沙·题周有光携吾孙照相*

周有光先生是我二儿媳的舅公，每年都前去看望。2013年他已107岁，恰好长吾孙100岁。两人合影，两个世纪，感慨万千。

老少岁差一百年，孤鳏陋室亦心宽，风霜虽已刻苍颜。　从小蜜糖娇喂养，长成坎坷可承担？但求托福砺辛艰。

周有光携吾孙，周时年已107岁

菩萨蛮 · 思故人

少时碧水摇双桨，逍遥终日青山上。岁月历沧桑，故人情不忘。　　锦城人如织，不见多年识。思念醉重阳，泪盈双鬓霜。

第六篇／本事

诗词二十五首

七律两首

小 康

六十年前田野荒，路边时有面饥黄。
而今参鲍寻常见，尽日鸡鹅盈市场。
每日三餐厌腴厚，年逾八十味难香。
何忧人老口无福，但喜苍生享小康。

忆幼时避日机轰炸随母回老家随感

随母匆匆逃敌难，梦中犹见断肢悬。
羊肠回转三尺路，沟壑崎岖十日颠。
喜见九州更日月，我添双翼化飞仙。
朝辞群玉暮沧海，他日遨游织女前。

五绝一首

元宵节*

2000年，我接到中共中央办公厅通知，受邀出席元宵节联欢晚会，晚会在人民大会堂东大厅举行。江泽民、李鹏、朱镕基、李瑞环、胡锦涛、尉健行、李岚清七位中央政治局常委出席，与知识界、文艺界人士300多人欢聚一堂，共度良宵。我被安排在第二桌，时任全国人民代表大会常务委员会委员长李鹏同志是第二桌的主宾。

昔为南冠客〔1〕，今是殿堂宾。
清浊长河水，轮回冬与春。

【注】

〔1〕南冠：据东周左丘明《左传》，春秋时，楚人钟仪“南冠而絷”。晋侯问是何人，有司回答说：“晋人所献楚囚也。”后因以“南冠”为囚徒的代称。“文化大革命”期间，我曾被关牛棚。

七绝九首

忆成都市立第一小学

这是我在成都就读的小学，原本在少城公园内，抗战期间，迁到青羊宫地区乡下，别是一般光景。

浣花溪上古桥横，笔砚山前庠序棚。
棚外萋萋棚内绿，小蝉悠唱和书声。

昔日浣花溪上望仙桥〔1〕*

浣花溪上古桥横，恰似河边虹霓生。
白发循江追旧忆，唯余棹击绿波声。

【注】

〔1〕我幼时在成都就读的小学原本在少城公园内，抗战期间，其被迁到青羊宫地区乡下，当时我每天上学都要经过一座高大的石拱桥，即百花潭附近的望仙桥，可惜现已为一平板桥所取代。

昔日成都宽巷子冬夜*

风雪三更静少城，老翁荷担小营生。
昏灯陋巷颤孤影，深宅犹听叫卖声。

成都宽巷子今昔

庭内金秋桂蕊新，蝉鸣慰我读书辛。
而今尽日犹春会，但见人头不见身。

异国中秋

举杯望月独凄然，遥想神州亦未眠。
他日清光如得驭，重洋万里共团圆。

夜游湘江感怀

1975 年夏秋之交，我和另外两位老师以及一名来自海军的学员到长沙出差，暑热难当。一天夜里，我和那位学员一道，偷偷从橘子洲头下水，畅游湘江，浮想联翩。

长沙七月汗浇床，搏浪湘江荡月光。
谁主沉浮怅寥廓，我今神爽数星忙。

文翁石室

1950—1952 年，我曾就读于石室中学高中。

文翁重学始官办〔1〕，世代兴衰址未迁。
人杰鬼雄皆辈出〔2〕，育才逾续两千年。

【注】

〔1〕文翁，今安徽庐江县人，西汉景帝、武帝时期，蜀郡太守。首创地方官学，入学者免除徭役，成绩优良者补充郡县官吏，此举受到汉武帝褒奖，下令全国各地皆立学宫，形成中国地方教育制度和官吏培训制度。文翁所办官学原址，即现在石室中学。

〔2〕古往今来，求道于石室宝地者，既有舞文弄墨之骚客，亦有洒血捐躯之志士，前者有古之司马相如、今之郭沫若等，后者有戊戌六君子之杨锐、刘光第（此二君都曾就读于石室中学的前身——锦江书院）。

戊戌六君子之杨锐

戊戌六君子之刘光第

1969 年下放河南确山“五七”干校点滴

稻田漏水洞三千，除害得馐烹盛筵。
非久不曾知肉味，大仙亦会口垂涎。

自画像*

语少金多不自谦[1]，直言无忌讨人嫌。
德才虽备乏官趣，何虑三更鬼卷帘。

【注】

〔1〕一位负责同志曾几次对我说：“您的发言含金量高。”

词十三首

渔歌子·忆童年*

散学回家结伴还。浣花溪畔碧禾田。须嫩绿，粒微甜。如花似幻忆童年。

浪淘沙·北戴河*

记 2013 年党中央、国务院邀北戴河休假。

沧海任狂澜，涛打渔帆。斩波劈浪逞幽燕。对酒当歌拼一醉，月半杯残。　　白发更红颜，英俊群贤。千秋功业启新端。历尽烟波人未老，壮我河山。

采桑子·忆少时挑水

邻居有井深后院，水出甘泉，汲起肩担，桶满沉沉举步艰。　　双肩磨破终成茧，冬手疮顽，夏汗淋衫，家道非贫一少年。

鹧鸪天·儿时日机轰炸成都

警报三更惊梦甜，童年情景欲忘难。恬和天府轰隆响，闲逸花城血肉残。　　腾鹘翅，低娇鹇，冤仇不值注心田。中华崛起山河好，自产飞机翱碧天。

浪淘沙·上大学*

未冠及闱栏，长路新端。开怀科学大观园。宝藏玲珑争璀璨，能不贪婪？　　刺股夜阑珊，四季回旋。经年不觉渐衣宽。求得茫茫沧海粟，慰我辛艰。

忆江南·教室*

1952 年，北航初建校，无正规教室，常以工棚临时改用，记之。

新建校，棚屋改庠班。漠北风侵黄漫漫，棚中雪霰白绵绵，厚袄亦嫌单。　　烧炉火，满屋绕青烟。火烤胸前微觉暖，风吹背后骤增寒，学子藐艰难。

忆王孙·庚子年冬当伙夫*

教师下放习司炉，膛里灰烟扑体肤，火烤风吹冷汗珠。夜啼乌，白日昏昏亦读书。

临江仙·癸丑年初学计算机〔1〕

夜夜四更来校外〔2〕，起时怕扰儿啼。寒风吹面雪沾衣。只缘惜取，六百秒机时〔3〕。　　斗转星移今日是，随身带个人机。天河问鼎捧杯归。遵循天道，运策慎参微。

【注】

〔1〕1973年（农历癸丑年），我到中国科学院计算技术研究所学编程应用，机器是该所自己研制的109乙机，BCY编程语言，纸带穿孔输入，是当时国内最先进的计算机。

〔2〕该机尚无批处理能力，只能由用户当时输入任务当时运算。由于该机承担的任务繁重，分配给我们的上机时间都在凌晨两三点钟（四更），半夜校门已关，从铁丝网钻出去。

〔3〕分配给我们的上机时间，每次10分钟，这是非常珍贵的了。

八声甘州·忆 1979 年赴英国留学*

十年“文革”后赴伦敦，海德绿茵茵。伟人经年座，大英博物，印记深深。喧闹牛津街上，万国旅游人。老格林尼治，落日余音。　　否极泰来戊午，看中华万里，大地回春。任纵横高铁，驰骋赛鹏鲲。小嫦娥、广寒挥袖，再报来、月背喜迎宾。流光逝、证今生见，换了乾坤。

水调歌头·居英国有怀蓉城儿时

万里别家国，异域感繁华。堂皇瑰丽宫殿，玉馔耀豪奢。闲赏风情逸趣，放鹜天涯海角，望月倍思家。最是少儿事，如梦好韶华。　　锦官城，物候早，绿丝斜。阳春三月，红压枝矮满城花。草长莺飞燕舞，云淡风和日丽，醉了小童娃。相约出郊野，河里捉鱼虾。

风入松·八十岁蓉城夜游吃小包

锦城入睡夜更深，伴月出家门。昏灯僻巷通宵店，无人问、老叟艰辛。客桌蒸笼相伴，摩肩接踵容身。　　一枚包子味津津，白水送温存。疑吾落魄天涯荡，身无银、不收分文。可敬人贫情富，一文重比千金。

虞美人·八十余岁重病偶感

百年风雨知多少，往事常萦绕。沉疴梦觉烂柯归，窗外莺啼春晓落英飞。　　儿时老宅融融处，不见亲人晤。匆匆来去赤条条，莽莽苍穹归去任逍遥。

平湖乐·1960年寒冬

严冬辗转五更残，起对寒窗喘。一夜容衰不堪看，腿如棉。　　膳房落糁匆匆捡，仓皇吞咽。后生羞见，凝对低愁颜。

后记

这是我的第一本古体诗词集，基本包含了我的大部分诗作，完稿时，我已八十五岁。自我写第一首诗起，已近五年，内容包括随感、游记、人物、亲情、本事等，记录了我的主要人生历程。

在以后的创作生涯中，或许有所改动，或许还有新作，在合适的时间会考虑再版。

首先，本诗集的出版，凝聚着众多家人的心血，没有他们的支持，就没有我大量的创作时间；感谢我的亲朋，提供诗词集资料、提供老照片、提供创作思路；感谢北京航空航天大学的同事们，在与我合作的过程中，为我提供了大量的创作素材；感谢我游历过程中所到之处的山水人情，使我的视野得以开阔。

中国工程院原副院长潘云鹤院士为本诗词集作序，并亲笔题赐书名，构思巧妙，高度凝练，热情鼓励；郑欣淼先生为本诗词集作序，要旨精妙，点评精到；韩倚云博士为本诗词集作序，为了写序，不仅须了解我的生平与主业，还须仔细阅读本书稿的重点作品，字斟句酌，以诗一般的语言，写下了宝贵的序言，我与韩倚云博士有更频繁的切磋，受益良多。

感谢高等教育出版社的相关同志们，给予我大力支持；张冉女士担任本选集责任编辑，工作认真，非常仔细，有很好的文字功底和编辑专业素养，她的工作对保证本选集的出版质量起了重要作用，对于高等教育出版社的大力支持和张冉女士的高水平工作，我表示衷心感谢。

最后，感谢王玉明院士专为本选集的出版赋诗并以书法相赠，感谢赵小也先生为拙作《清平乐·二泉映月》和《望海潮·圆明园祭》谱曲。

本诗词选集尝试致力于科学与艺术的结合，致力于反映新时代的特征，希望本选集的出版或多或少能为当代诗词创作提供一些新的思路，这些尝试倘能在读者心里激起微弱的涟漪，也是对我创作的回报。

陈懋章

2021年9月15日